七月隆文（ななつき たかふみ）

王蘊潔——譯

# 明天，我要和昨天的妳約會

# 目錄

# 楔子

我對她一見鍾情。

我像往常一樣搭電車去學校，就這樣毫無預警地在電車上墜入了情網。

她在京阪的丹波橋車站上車，和早晨尖峰時段的人潮一起擠進打開的車門。我手拉吊環，站在車廂的正中央。她隨著人潮來到我的面前。

她的個子並不高，所以我無法看清楚她的長相，但她飄然垂下的漂亮頭髮、可愛卻不失品味的衣服，最重要的是，她全身散發的氣息，都讓我產生了「超級大正妹的預感」。

因爲我實在太好奇，想要一窺究竟，所以暗中觀察她，以免被她察覺。

這時，她猛然抬起頭看向我。

我吃了一驚。

愣了一下之後，腦海中才浮現「她的眼睛好漂亮」這句話。

她稱不上是絕世美女，很有日本味的五官卻楚楚動人，氣質高雅。

她立刻低下了頭。她的動作看起來像是不經意地確認一下站在自己面前的人。

我對於她一如我的預料，是個大正妹這件事感到心滿意足，同時也感到緊張。

當時只是這樣而已，我也沒有想太多。

『祇園四條。祇園四條。』

車內廣播響起。電車抵達了四條，有幾名乘客下了車。

她挪了挪身體，移動了位置，方便準備下車的人通行。她的動作俐落敏捷，也可以感受到她隨時注意周遭的情況。

啊，她是一個細心的女生。而且看起來也很聰明。

車廂內不再擁擠，我們不需要再擠在一起

我走到車門旁，隔著車窗，怔怔地注視著隧道內的黑暗。

就在這時。

我──「發病」了。

我的情況只能用「發病」這兩個字來形容。就像經過潛伏期之後，才會開始發燒一樣。前一刻對她的印象浮現在我的腦海，揮之不去。

「…………」

我稍稍轉向她的方向。

她倚靠在斜對面的門旁，正在看文庫本的書。

我感受到身體深處的某個開關被觸動了。

我慌忙收回視線，因爲無法再繼續注視她。我感受著全身的血液流動，呼吸也漸漸變得困難。

慘了。慘了。

我畢竟活了二十年，立刻知道這是怎麼一回事。對於眼前漸漸明確的這種狀態，我第一個念頭是——

饒了我吧。

難道不是嗎？

因爲對方是可能從此再也無緣相見的人。

一旦下了這輛電車，就各走各路了。

如果我們讀同一所大學，或是一起打工，就太令人高興了，但這麼強烈地喜歡上一個沒有任何交集，也無法產生任何交集的人，不知道該怎麼說……眞的希望命運不要這麼整我。

『三條。三條。』

車門打開。很多乘客都在這裡下車。我不由得緊張起來，擔心她會在這一站下車。

她沒有下車。幸好我也不是在這一站下車。

但是，離終點出町柳只剩下兩站。

然後，我——

她在終點下車。我帶著絕望的心情注視著她的背影。

大家都站在向上通往出口那座很長的電扶梯的其中一側。我站在離她五公尺的下方，中間隔了很多人。

我無能爲力。

我不可能突然產生這樣的勇氣，而且周圍有那麼多人。

電扶梯盡頭是地面的出口和叡山電鐵的入口，我強烈祈禱，至少希望她和我一樣，要繼續搭乘叡山電鐵。

然後，她——走進了叡山電鐵的驗票口。

我的內心湧起欣喜和安心。

但是。

叡山電鐵的電車上也擠滿了人。

包括我就讀的木野美大在內，這條路線的沿線有兩所美術大學，所以很多人的服裝和渾身散發的感覺，一看就知道是美大的學生。有人拎著應該裝了作業的畫板包，也有人包括頭髮的顏色在內，全身上下都是綠色。因爲目前是四月，又是第一節課的通學時間，所以有很多看起來像是新生的人。

所以在這裡，我也只能一路乾瞪眼。

只有兩節車廂的地方線一如往常地行駛。

她很幸運地坐到了座位，拘謹地坐在中間的位置。

她從頭到腳都很漂亮勻稱，坐在那裡的樣子很自然地散發出與衆不同的氣質。

而且，她看起來和我年紀相仿。

——造型？京產？……還是和我一樣，也是木野？

『茶山，茶山站到了。前往京都造型大學的乘客……』

電車抵達了造型大學那一站，學生三三兩兩地下了車。這條路線的驗票口通常都沒有人，只有在有大學的車站，站務員才會在通學時間等在驗票口旁。

我心跳加速，偷瞄了她一眼，擔心她也跟著下車。

她沒下車。

車門關了。叮叮。鈴聲響了兩次後，電車再度啓動。

我鬆了一口氣。

我既想上前搭訕，但又覺得在衆目睽睽之下，沒有勇氣這麼做。我陷入天人交戰，痛苦不已……甚至有一種衝動，很希望她乾脆趕快下車，讓我趁早死心，就可以擺脫這種痛苦。

『修學院，修學院站到了。』

我的臉頰陣陣刺痛。呼吸困難。

好——我決定了。

如果她和我在同一站下車，我就去搭訕。

很好，很好，就這麼辦。

我低頭看著地上，在內心頻頻點頭。

『寶池，寶池站到了。』

這條路線很短，所以車站之間的距離也很短。

我只知道這一站剛好位在到大學爲止的中間位置，沒有其他印象。

車門打開了，住宿的學生紛紛上了車，目前的時間幾乎沒有人會在這一站下車。

她站了起來。

啊——我差一點發出驚叫。

她從學生之間走向電車後方的車門。站務員發現有人要下車，從駕駛室走到月台，準備驗票。

我已經不在意被她或其他人發現，看著她下車的背影。

我感受到一種只能眼睜睜地看著眼前發生的一切，卻無能爲力的空虛感。所有的聲音都從意識中消失。在無法形成語言的瞬間思考中，焦躁、失落，類似安心的情緒和放棄都交織在一起。

我站了起來。

我拿起書包，從學生之間走向電車後方的車門。

我看到她正向站務員出示月票。

我平時不會這麼做，以前從來沒有這麼做過。

我向來都選擇放棄。如果只是覺得女生「很正」或是「是我的菜」，我絕對會放棄。我向來都是如此。

雖然當下會覺得惋惜，一會兒之後就會露出苦笑，在吃午餐時，幾乎就忘得一乾二淨了。

但是，這次應該不一樣。

因爲這次的感覺，完全是不同的層次。

我莫名其妙地認爲，她就是我的眞命天女。

我拚命移動雙腳，穿越車上的擁擠，向站務員出示了月票，目光追隨著她走下通往地面的一小段階梯的背影。

這種感覺似曾相識。在高中體育課的足球比賽時，我曾經帶球過人，然後射門成功。此刻和當時腦袋一片空白的感覺很相似。

「打擾一下，」

我在她的正後方一開口，她削瘦的肩膀微微抖了一下。

……是叫我嗎？她轉過頭時，似乎不太確定。

我從她的眼神中發現她應該對我有印象。

叮叮——鈴聲響起，電車在我身後關上了門。

我聽著電車的聲音從背後漸漸遠去，發現自己並沒有太緊張。

就像在跑一百公尺一樣，起跑之前才最緊張。

「呃……」

我說到這裡就結巴了。

要說什麼才好啊？第一句要說什麼啊？

時間以秒爲單位流逝。我著急起來。呃、呃——對了！

「請、請妳告訴我妳的手機郵件信箱。」

我再度衝出了起點。

她驚訝地瞪大了眼睛。

我停不下來。

「我在電車上看到妳，然後……」

我一鼓作氣，把想到的事都說了出來。

只能衝了。

「就對妳一見鍾情！」

她的表情沒有變化。不，她的嘴唇稍微動了一下，似乎「啊？」了一聲。

我的視線瞥向一旁。周圍沒有任何人。太好了。我將視線移回她身上。

「妳突然聽到我這麼說，可能會嚇到，但我沒騙妳。不，其實我也被自己嚇到了，真的沒騙妳……」

我把腦海中浮現的話直接說了出來。我看起來應該比我自己想像中更加激動。

我察覺到她的緊張漸漸放鬆。

像是微笑前兆般的表情宛如朝霧般掠過她的臉。

該說的都說完了。我閉了嘴。

「呃，」

我第一次聽到她的聲音，竟然連聲音都很美。我不由得感動莫名。

「我沒有手機。」

……啊？

現在很少人沒有手機……喔喔——喔喔，我懂了。

我被拒絕了。

「——是、是喔。」

我立刻露出討好的笑容，打算向她道歉後轉身離去。

「啊，不是你想的那樣。」

她似乎慌了手腳，「我是真的沒有手機……」

「……原來是這樣。」

所以，她並不是在拒絕我嗎？我忐忑不安地說：

「很少見啊。」

她的嘴角微微上揚，沒有答腔。

啊，我是不是說錯話了——我慌忙思考如何補救。

「呃，」她開了口，「我要去寶池。」

她回頭看著她準備去的方向。

路很狹窄，旁邊有一個不大的腳踏車停車場，和花已經掉了一半的櫻花樹。

「喔，原來那裡眞的有一個水池啊，我第一次在這一站下車。」

我抓了抓頭。

「那我也順便去看看……」

這句話一聽就很假惺惺。

——會不會說話啊！

我忍不住吐槽自己，努力再度發揮剛才的勇氣問：

「我可以和妳一起去嗎？」

我鼓起勇氣，直視著她。

「我想、和妳聊聊。」

周圍的寂靜突然傳入了耳朵。

春日的陽光預示著今天也將是催人昏昏入睡的溫暖天氣，暖暖地照亮了車站前狹小道路上並不算特別美的風景，帶著這種圓潤色彩的氣味鑽進我的鼻子，感覺癢癢的。

她站在這片宜人的風景中，露出可愛的緊張表情，點了點頭，用畢恭畢敬的聲音說：

「好。」

明天，
我要和昨天的妳約會

# 第一章

# 妳

# 1

「我叫南山，南山高壽。」

「我叫福壽愛美。」

離開車站後，我們立刻走過一條像是國道的大馬路，然後開始自我介紹。

「服受？漢字怎麼寫？」

「笑福面的福，壽命的壽。」

我想了一下，思考著該不該開新年時玩的笑福面這個遊戲的玩笑。

「啊，我們的姓名中有相同的字。」

「啊？」

「我的名字高壽的壽，和妳的一樣。」

「是這樣啊。」

「太巧了。」

「對啊，很少有人在名字中使用這個字。」

她笑了笑，露出潔白而整齊的牙齒。

福壽小姐不經意地看向前方，露出好像在凝望遠方的眼神，仰頭看著天空。

她的鼻子很挺，但線條很柔和。無論是形狀漂亮的薄唇、下巴的線條，還是臉頰，都勾勒出柔和而又氣質出衆的線條。

「今天的天氣眞好。」

我主動開口化解尷尬。

「喔——是啊。」

福壽小姐再度粲然而笑。

穿越車道後，前方是一座石橋。

「這條河一直通往水池。」

福壽小姐指著通往小河的方向。

「沿途都是水量不多的狹窄水道，水也不深，我覺得那種感覺很棒。」

我知道她在避免冷場，突然想到，她也許是所謂的大家閨秀。

「我是前面那所木野美術大學的學生。」

「喔，我知道。」

「我讀的是漫畫系。」

「漫畫系？」

「是不是很奇特？全日本只有我們學校有漫畫系，但並不是俗稱的那種漫畫，而是卡通。」

「卡通？」

「就像是報紙上的諷刺漫畫，妳瞭解嗎？」

「大概知道，也可能曾經看過。」

「就是那個。」

「眞的很奇特。」

「嗯，妳呢？是大學生嗎？」

「我在讀美髮的專科學校。」

「所以，妳以後要當美髮師嗎？」

「原本是這麼打算……目前正在考慮。」

和她說話之後，我覺得她的聲音應該是她最吸引人的地方。

她的聲音清脆柔和，很療癒，讓人想要睡覺。

沒錯，如果要用一句話形容她的整體印象，就是她很療癒。

「好美。」

她瞇眼看著河邊的櫻花，聽起來像是在坦率表達眞實的感受。

「今天上學的路上，我還在想，櫻花是一種很奇妙的植物。」我說，「在開花之後，才讓人意識到『啊，原來這裡有櫻花樹』，除此以外的時間，幾乎都不會意識到它們的存在。」

她猛然張大眼睛。

「的確是這樣，沒錯。」

她說「沒錯」這兩個字特別可愛。聲音中帶著柔和的逗趣，好像在對自己說話。

我原本可能太小看她了。

無論她令人感到療癒的外表，還是衣著的品味，或是細心周到，還有聲音和動作中自然流露的可愛，都貼上了「完美」的標籤。她眞的是讓人做夢都會笑出來的超級正妹。

我的內心對目前和她走在一起這件事漸漸失去了眞實感。

眞是走了狗屎運。我得到了不該得的幸運——內心不由得產生了恐懼。

這時，我感受有視線注視我的臉頰。

轉頭一看，福壽小姐目不轉睛地看著我。

即使我們四目相接，她也沒有移開視線。她露出帶著苦惱的嚴肅表情，用好像畫家看著模特兒時，把印象深深烙在腦海中的眼神看著我。

「……怎麼了？」

福壽小姐俏皮地問，掩飾自己的窘態。

我緊張得呼吸都有點困難了。

「這就是妳剛才說的水道嗎？」

「對啊，你不覺得很棒嗎？」

「原來高度和地面相同，水流這麼豐沛。」

「水面上有櫻花花瓣。」

「嗯。」

周圍越來越有公園的感覺。

走在有一整排綠意盎然樹木的彎道上，和帶狗散完步的老太太，以及準備去慢步的大叔擦身而過。

「我老家附近也有一個山田池公園，和這裡的感覺很像。」

我們聊著這些事，來到了水池。

雖然水池這兩個字讓人感覺只是一個小小的池塘，但這種水池通常都很大，這個水池的規模也不小。

被低矮的山環繞的水池周圍成為慢跑道，水池上有一座很長的石橋，走過那座石橋，就是很有現代感的京都國際會館。

我們走進了慢跑道中間的涼亭。

伸向水面的涼亭有點像西式建築的陽台，我和福壽小姐靠在石頭圍牆上，眺望著水池。

微風吹拂水面，浮現出白色的魚鱗狀，好幾條鯉魚在水面下游來游去。

「有鯉魚。」

「超大的。」

她的語氣突然變得很隨興，但隨即又恢復了平靜而謹慎的語氣。

「為什麼會對我……那個……我哪裡……？」

我轉頭看著她。停頓了一秒，她轉動雙眼看了過來。

我決定實話實說。

「不知道。」

因為我覺得我只能這麼做。

「我想……應該是本能。」

她默然不語地聽我說話。我低頭看著水面。

「我內心有一種直覺，知道妳就是我的眞命天女，知道我必須主動出擊，否則，我可能沒有勇氣這麼做。」

我忍不住偷看她，擔心她會感到掃興。

她再度露出剛才那樣的眼神。

那是意味深長的奇妙眼神，好像要把看到的一切都深深烙進腦海。

我認爲這代表她很認眞地在聽我說話，所以帶給我更大的勇氣。

「我覺得妳超正，我有點高攀不上……根本不敢靠近。」

「沒這回事。」

她的聲音有點沙啞。

她眼眸中的水面泛著漣漪，笑了笑之後，轉頭看向水池的方向。

然後，好像從水面中探出頭般揚起頭，緩緩閉上眼睛，靜靜地呼吸。

聽她的呼吸聲，好像終於完成了一件漫長的工作。比方說，終於走完了秘境，或是完成了多年的研究，那是不曾參與這個過程的人無法進入的世界——她的樣子讓我產生了這樣的感覺。

她張開眼睛，看著天空。似乎感到虛幻，又好像深深沉浸在其中。

我正準備向她告白，所以無法承受這份靜謐。

「對不起，妳一定覺得有點毛毛的。」

「不。」她搖了搖頭。

我內心同時充滿了期待和不安。

她好像突然想到什麼似地看了手錶。那是一個款式小巧而簡單的正統皮錶帶手錶。我覺得很符合她的風格。

她看著手錶的表情好像即將下一場雷陣雨。

「妳有事？」

「嗯。」

她露出緊迫的表情，似乎必須馬上離開。

「對不起。」

「不。」

她露出歉意的笑容，我假裝若無其事地問：

「我們還可以再見面嗎？」

話音剛落。

她哭了。

福壽小姐收起笑容，準備露出嚴肅的表情時，淚水順著她的雙眼撲簌簌地流了下來。

「啊？啊？」

她按著自己的眼角，似乎也被突如其來的狀況嚇到了。

然後才終於露出哭喪的表情，好像感情終於跟上了淚水的腳步。

她抱住了我。

柔軟的感觸因爲熾熱的淚水而顫抖。

我不知道發生了什麼狀況，只能愣在原地。

她把臉埋在我的胸口，自言自語地說了一句我聽不懂的話。

……這樣就好了吧。

「……發生什麼事了嗎？」

她點了點頭，臉在我的襯衫上摩擦著。

「發生了……有點……難過的事。」

她故作輕鬆的語氣，反而證明了真的發生了什麼事。

我剛才完全沒有察覺，她也完全沒有表現出來。

但是，也許本來就是這樣。每個人在群體之中時，都會故作堅強，如果沒有像這樣深入接觸，根本無法瞭解。

我還在猶豫該不該一問究竟，她已經抽離了身體。她抓住我的手臂，抬起了頭。

她用一雙淚眼注視著我，嘴唇掛著笑容，露出潔白的牙齒。

「我們還會再見面。」

她說話的樣子深深打動了我，我腦筋一片空白。

當我意識到她是在回答我剛才的問題時，她已經整理好情緒，和我保持了距離，拉了拉裙子。

「再見。」

「呃——」

「不好意思，我在趕時間。」

她一步一步向後退。

「再見。」

「好，路上小心。」

福壽小姐露出有點爲難的笑容，轉身奔跑起來。她頻頻回頭看著我說：

「明天見！」

然後，她消失在櫻花盛開的彎道盡頭。

對岸遙遠的笑聲隔著水面傳了過來。

周圍的山溫暖而宜人，帶著令人心動的色彩。

走出家門時，我做夢都沒有想到會發生這種事。

此時此刻，我才終於對剛才發生的事，以及和她之間應該建立的關係慢慢地、慢慢地產生了喜悅。

## 2

我以後想當插畫家。

也同時想要當作家。

所以我每天畫畫、寫小說，也基於興趣創作歌曲，還開始練鋼琴……每天的生活很充實。

今天晚上，我也像平時一樣，在沒有人的客廳桌子旁準備繼續寫小說……但在回家的電車上，我發現自己犯下了一個致命的錯誤，所以一行也寫不出來。

手機收到了電子郵件。是朋友上山傳來的，告訴我他已經到家了。

上山是住在附近的死黨，我們在上幼兒園之前就是好朋友。

我回覆說：「馬上去找你。」然後就走出家門。我無法獨自解決這個煩惱。

我跨越柵欄，走進附近的農田。住宅和國道周圍的這片農田是通往他家的捷徑。

聽著汽車的聲音，走在漆黑的田埂上，不一會兒，就看到一棟熟悉的房子。

「打擾了。」

我在玄關打了招呼後脫下鞋子，伯父和伯母知道是我，所以我就直接進了屋。

上山家的馬爾濟斯勘吉在裡面汪汪叫著，我走上樓梯，走進了上山的房間。

「嗨！」

我向他打招呼，坐在地毯上的他用眼神回答我。我們之間的關係根本不需要客套，我也坐了下來。

晚上十點多。無論是上山還是我，或是伯父、伯母，還有我的家人，在我說：「我去上山家」時，大家都知道我今晚會住在他家。

上山身高一百九十四公分，也很會打扮，雖然長得不怎麼帥，但女生都超愛他。

「我跟你說啊，」

所以，我要向他請教今天發生的事。

上山聽到我說在車站叫住了福壽小姐時，瞪大了眼睛。他這個人向來很直截了當，但應該更意外我竟然會這麼做。

「喂喂，還眞不能小看你啊。」

上山興奮地換了一個姿勢，我也覺得自己做了一件漂亮的事，所以有點得意。

「結果呢？」

我又把去寶池之後，直到道別的來龍去脈告訴了他。

上山精準地指出了我犯下的致命錯誤。

「你沒有問她的聯絡方式嗎？」

問題就在這裡。

「眞的假的？」

上山直截了當地表達了他的驚訝、無奈，和省略了三百字的評論。

雖然我很想爲自己辯解，「在那種情況下，根本說不出口，而且也想不到要怎麼說」，但說了也沒有意義。

「你覺得我該怎麼辦？」

「哪有怎麼辦……」

上山喝了一口杯子裡的茶。

「所以，你只知道她的名字？」

「還有在讀美髮師的專科學校……啊，我有告訴她我的學校，她說她知道，我還說了我的科系。」

「那她應該會來找你？」

他說話的語氣，像是臨時想到會有這種可能性。

「會嗎……」

「誰知道啊。」

看到我陷入煩惱，上山用力拍著我的肩膀說：

「沒問題啦，雖然只是我的直覺。」

雖然他說得很不負責任，但我應該是爲了聽他說這句話才來找他。

凌晨一點，我們才終於鋪被子睡覺。關上日光燈後，房間內就暗了。

「你覺得她爲什麼突然抱住我？」

我問上山。

「不知道，眞的有點奇怪。」

「但她看起來完全不奇怪啊。」

談話中斷了。我們兩個人都搞不懂。

「對了，」上山用若無其事的口吻說，「我決定要當廚師。」

他毫無預警地告訴我這件事。

「……爲什麼？」

「我不是在『餐船』打工嗎？」

「對啊。」

「餐船」是本地一家餐廳的名字。

「所以我突然想當廚師。」

「……是喔。」

「是啊。」

在彼此都走向昏睡的沉默中，我突然覺得「反正就是這麼一回事」。

邂逅總是突然出現，讓今天的自己不再是昨天那個自己。反正就是這麼一回事。

閉上眼睛，立刻想起福壽小姐的事。

我很難過，眞的很痛苦。

『我們還會再見面。』

我想著她的話和笑容當作護身符，進入了夢鄉。

# 3

我們系上有在動物園鋼筆速寫的課程。

所謂速寫，可以理解爲比素描更簡略的繪畫方式。

上完第二節課，我走向系館。我們學校建在山上，漫畫系的系館在校園最角落的位置，系館內有各學年的教室。

嘎答一聲推開教室黑色的門，裡面有幾個同學。不管是人數和喧譁的樣子，都很有「班級」的感覺。雖然是大學，但和高中沒有太大的差別。

我坐在課桌前吃了自己做的便當，從置物櫃裡拿出B5的畫紙，補充了沾水筆的筆尖。

正當我準備走出教室時，看到那些正在聊天哈啦的同學。

這些人對作業也不熱衷，整天在這裡聊天哈啦到很晚。

眞搞不懂他們在幹嘛。

父母爲他們支付了昂貴的學費，他們爲什麼要這樣浪費時間？他們可以利用這些時間做更多事。

也是因爲這樣的關係，我在大二時就漸漸產生了優越感，覺得「我和他們不一樣，我是更優秀的人」。

已經是大二的人了，卻還有中二病。這種事很難向別人啓齒，但我也付出了相應的努力，暗自相信必定會成眞。

從京阪電車三條車站下車後，穿越平安神宮的巨大鳥居（第一次看到時，嚇了一大跳），就可以看到京都市立動物園。

向售票口出示學生證的同時，遞上學校發給我們的單子。因爲市政府的協助，只要在單子上塡寫姓名和學號，就可以免費進入動物園。

穿越大門，立刻看到了已經非常熟悉半圓形屋頂的大鳥籠。

先要畫什麼呢？我想了一下，決定先去看看很久沒畫的長頸鹿。

好大。第一次來到這裡時，被巨大的長頸鹿震懾了。

我拿出了夾在板夾上的畫紙、PILOT墨水和沾水筆，在筆尖沾了墨水後畫了起來。

今天的陽光很烈，白紙反射的陽光很刺眼。

「……………」

閉上眼睛，讓出現綠色影子的眼睛休息的同時，我開始想她的事。

今天來學校的電車中，在學校校園內，和來這裡之前，我一直尋找她的身影。

然而，張大了眼睛，也遍尋不著她的身影，昨天發生的事宛如夢境般漸漸淡薄，讓我感到害怕。

每次想起她，是否再也見不到她的不安，和相信一定可以見到她的意志就會激烈交戰，讓我痛苦不已。我忘了聽誰說過，這稱爲甜蜜的痛苦。

「嗨！」

同班同學林也來了。

林的眉毛很濃，睫毛也很濃密，很擅長模仿米奇的聲音。

「嗨，島袋和西內呢？」

「他們已經來了啊。」

包括我在內的這四個人是同一個小組。因爲我們都是搭京阪電鐵上學，所以被稱爲「京阪組」，我們這一組的成員都會完成作業，應該會成爲「認眞組」。

我和林坐在一起速寫。

「你昨天是不是在寶池下車？」

「…………」

我愣住了。

……怎麼辦？要否認嗎？不，否認太危險了。

「你也在那班車上？」

「對啊，在前面那節車廂。」

「是喔。」

「你是不是在叫一個女生？」

我心跳加速，全身的毛細孔都同時張開。原來他看得那麼清楚。

「你跑得超快。」

「……啊，嗯。」

「你該不會……」

「…………」

「是色狼？」

「我會那麼猴急嗎？」

「那是怎麼回事？」

「……我發現她掉了東西，所以拿去還給她。」

「是喔……也對啦，你向來不會做把妹這種事。」

「哈哈哈。」

這次偏偏就是把妹。

長頸鹿把屁股對著我們，低頭吃著地面的草。

牠停了下來。好機會。我和林都立刻動筆畫了起來。

——

一開始動筆，內心就緊張起來。

畫到這裡的感覺都很順。

畫得很好。因為是用沾水筆速寫，所以無法修改，一旦之後失誤，整幅畫就毀了。

但是，長頸鹿不會乖乖維持相同的姿勢。我雙眼用力，一口氣拉出一條長線。

——太好了！

成功了。這個部位畫得很好，尤其長頸鹿屁股的線條畫得很出色。

「畫得眞好。」

身後傳來說話的聲音。

在通常情況下，如果不是認識有一段時間的朋友，當對方在背後說話時，往往聽不出是誰的聲音。

但我立刻知道是她。

回頭一看——福壽小姐若無其事地站在我身後。

我腦筋一片空白，她看著我剛畫的速寫說：

「啊，就是貼在教室裡的那張。」

「啊？」

「沒事，長頸鹿屁股的線條畫得很棒。」

「是啊，這裡畫得很順。」

自己感到得意的地方受到稱讚，頓時樂不可支起來。

「脖子的地方也畫得不錯。」

「嗯嗯，很不錯啊。」

她語尾的「啊」太可愛了，「ㄚ」的發音中帶了「ㄤ」的音，這種逗趣的聲音很惹人喜愛。

「福壽小姐，妳也畫畫嗎？」

「完全不會畫，最多只是在信裡畫一些小圖案。」

我覺得她應該很會畫。

我感受到林的視線。

即使感覺到，卻也無能爲力，所以只能無視，繼續和她聊天。

「妳怎麼會來這裡？」

「聽朋友說，你們系二年級的學生今天會來這裡。」

說完，她露出歉意的表情。

「對不起，早知道應該問你電話。」

「不，沒關係。」

眞的完全沒關係。

「你好。」

她主動向林打招呼。

「你是南山的朋友嗎？」

她問話的方式很自然，光是從這種氣氛，就可以感受到她的貼心和溝通能力。

但是——

「是、是啊。」

我第一次看到林這麼緊張的樣子。

即使她的態度再怎麼自然，和第一次見面的正妹說話，還是會很緊張。身爲男人的我，太瞭解這種感覺了。

林手足無措地看著我說：

「那我去畫獅子。」

他一半是識趣，一半是想趕快逃走。等一下他一定會問個沒完。

福壽小姐目送他的背影遠去後，轉頭對我說：

「對不起。」

「不會啊，沒事。」

我的聲音有點緊張。因爲我無法克制內心的興奮。

眞的又見面了。

而且她問了朋友，才終於找到我。

這代表……八字應該有一撇了吧？

身體內側的氣壓好像慢慢消失，指尖麻痺起來。我心神不寧地想要把墨水瓶的蓋子蓋起來。

「啊！」

瓶子一歪，墨水差一點倒出來。……幸好沒事。

「對不起，沒事沒事。」

我對著一臉緊張的她說道，她鬆了一口氣說：

「你要小心點，這張畫很重要。」

「嗯。」

這張畫的確可以作爲作業交出去。

「因爲妳突然出現，我有點緊張。」

福壽小姐害羞地移開了視線，然後對我露出微笑，似乎想要掩飾內心的害羞。

「我不是說了明天見嗎？」

慘了。我不爭氣地笑了。

我故作平靜地掩住了嘴問：

「呃，妳是第一次來這個動物園嗎？」

「嗯。」

「那我帶妳參觀一下。我經常來這裡，絕對是個好嚮導。」

於是，我帶福壽小姐參觀了動物園。

從眼前的長頸鹿開始，還聽到了獅子發出了震撼腹部的重低音吼叫聲，確認了大象不僅身體巨大，牠的大便也很大，看到了分不清和鴕鳥有什麼不同的鴯鶓的眼睛很圓，還在友誼廣場看到了山羊和綿羊溫和的臉。

福壽小姐時而驚訝，時而歡笑，看起來很高興。動物園原來比想像中更好玩。看到她這麼高興，我也跟著開眉展眼。

雖然路上好幾次都撞見同班同學，但他們看著福壽小姐，都不敢和我打招呼。

我們坐在企鵝戲水區前的長椅上休息。

「好可愛啊。」

她也很喜歡漢波德企鵝。

我們共度了愉快的時光，所以沉浸在暇逸的氣氛中。

我們很自然地安靜下來，我不經意地看著她。

她從襯衫袖子下露出的手臂美得讓我驚訝。

女生的手臂通常都很美，但她的手臂完全是不同的境界，一眼就可以看出皮膚的剔透和光澤，就連我都知道那樣的皮膚經過精心的保養。

我已經不只是看得出了神，甚至想要吐槽她，爲什麼渾身上下都這麼完美無缺。

除了林以外，剛才我們走在動物園內時，我可以清楚感受到其他人看到她時的反應，我再度切身體會到，她具備了能夠吸引他人目光的容貌和氣質。

我移開視線，不敢正視她的手臂。

「小時候，我差一點死掉。」

爲了擺脫眼前的沉默，我開始說有自信絕對不會冷場的話題。

「五歲的時候，曾經發生地震，就是那場很大的地震。我家的房子拚命搖晃，差不多『半毀』了。」

她瞪大了眼睛。

「不，別擔心，我們全家人都平安無事，而且也申請到保險理賠，但是那次眞的很嚴重。啊，妳的家人在那次地震中也都平安吧？」

「嗯。」

「是喔，總之，那次地震時，房子搖得很嚴重。我坐在被子上動彈不得，只是怔怔地想『不知道房子會不會倒』，結果聽到一陣以前從來沒有聽過的聲音，房子開始傾斜，還聞到一股奇怪的臭味。低頭一看，原來是電暖爐燒到了被子。雖然我推開了被子，但除此以外，就無法再做任何事。因爲當時我才五歲，房子又發出嘎吱嘎吱的聲音，我放聲大哭，喊著『我要死了』。——就在這時——」

我呼吸了一下。

「陽台的窗戶打開，一個不認識的阿姨衝進屋裡。」

「阿姨？」

「對，我從來沒見過的阿姨。她拉著我的手站了起來，把我揹在身上，應該還說了『用力抓住我』之類的話。然後我們來到陽台上，從陽台上跳了下去。……我也因此得救了。」

「……是喔。」

雖然已經是很久以前的事了，但她在說話時，眼眶有點濕潤。

「我記得跳下去之後，巨大的火勢就從我房間的窗戶竄了出來。如果我繼續留在房間內，絕對死路一條，所以那個阿姨是我的救命恩人。」

「那個阿姨之後去了哪裡？」

「她緊緊抱著我說，眞是太好了。我記得她身上很香，雖然記憶有點模糊，但我記得她很漂亮。這時，我聽到父母的聲音從外面傳來，我就離開了那個阿姨。之後找過她，她卻不見了，但是，後來……」

園內廣播傳來音質已經磨損的音樂。那是提醒距離動物園關門還有三十分鐘的廣播。

「原來已經四點半了。」

我仰望天空，發現天色的確有點暗了。

「南山，」她叫著我的名字，「啊，我可以叫你南山嗎？」

「可以啊。」

「不瞞你說，我也曾經有一次差點死掉。」

福壽小姐說。

「是喔？」

「嗯，而且也一樣是五歲的時候。」

我很驚訝。

「是不是很巧？」

她開朗地笑著。

我從她的笑容中，似乎看到了天空中所沒有的夕陽光芒。

「走吧。」

「嗯。」

「啊！」當我從椅子上站起來時，我驚覺一件事。

我還沒有問她的聯絡方式。

「怎麼了？」

「呃……我可以請教、妳的聯絡方式嗎？」

我緊張地問。

「啊！對喔！」

她瞪大了眼睛。

「我今天來找你，就是爲了這件事。」

她有點不好意地小聲嘀咕：「我是在幹嘛啊。」她說這句話的聲音有點低沉，我覺得很可愛。

得知她今天來找我，是爲了和我交換聯絡方式，要克制內心的興奮實在太難了。我只能摸著發燙的耳朵和臉頰，努力掩飾著。

我們再度在長椅上坐了下來。

「電話號碼可以嗎？」

「可以啊，只要妳告訴我，我就輸進手機。」

「等我一下。」

她打開皮包。

「因爲我還沒有記住宿舍的電話。」

她在說話的同時，從皮包裡拿出記事本。記事本的封面已經舊了，看來已經用了很久。

「啊，不是這本。」

她慌忙收了起來，拿出另一本新的記事本。

「我只要喜歡一樣東西，就會用很久。」

她似乎察覺到我的視線發出的聲音。太了不起了。

我記下了她以075開頭的電話號碼，她也用細原子筆寫下了我的電話和電子郵件信箱。

「這樣就沒問題了吧？」

「嗯。」

就這樣，我和福壽小姐成功地交換了電話。

「當然有問題啊，你應該約她啊。」

上山對我吐槽說。

「啊？」

「你要約她去喝咖啡或吃飯啊，至少也要約她下一次見面。」

我無言以對。

晚上，我又來到上山家，興奮地告訴他今天發生的事，上山露出很受不了的表情看著我。

「但是……不會太猴急嗎？」

「蛤！？」上山驚叫起來，「你不是已經向她告白了嗎？」

「嗯。」

「福壽小姐特地問了人，才找到你，不是嗎？」

「……是啊。」

「你們交換了電話之後，怎麼可能不約她呢？」

我背脊感到一陣寒意。

「是……這樣嗎？」

「她離開的時候，一定覺得很奇怪，『既然他喜歡我，爲什麼不約我？』」

「…………」

我終於意識到自己行爲的嚴重性，原本還以爲「一切順利」，感到樂不可支，沒想到一下子變成了「失策」。

「我、我該怎麼辦？」

「我剛才聽你說這些，覺得整件事很有希望，所以你也不必太擔心啦。」

「是、是嗎？」我鬆了一口氣，「原來你覺得很有希望。」

「差不多是這樣啦。」

「是喔。——是喔。」

剛才的不安吞入喉嚨，興奮漸漸湧現。

上山目不轉睛地看著我，突然對我說：

「你現在打電話啊。」

「啊？」

「約她啊。」

「……現在？」

「現在。」

「但是——」

「你到底在怕什麼啊，不就是打一通電話而已嗎？」

「打一通電話而已。」他這個高手用一副只是在介紹初級班的姿態說這種話。但是，對我來說，初級班也超難啊。

前天之前，我完全不在意自己的戀愛經驗值很低這件事，如今這件事卻變成了隱藏負債，沉重地壓在我身上。

「如果你連這件事都不敢做，以後就別想交女朋友。」

他說到重點了。以前聽到這句話，我會對他苦笑而已，但現在覺得說到了我的痛處。因爲我不希望這樣。

因爲我已經有喜歡的女生了。

「好吧……我來打電話。」

「很好。」

我拿出手機，找出福壽小姐的電話。

「……第一句要說什麼？」

「當然要說今天謝謝她啊。」

「等等，借我紙筆。」

「開玩笑吧？」

「別拿我和你這種情場老手相提並論，我是新手，好嗎？」

說完這句話，覺得自己很沒出息。我爲什麼沒有在遇見她之前，就提升自己的戀愛水準？

我以前從來沒有想過這件事。

我在紙上寫了『今天很感謝妳』這句話。無論做任何事，都希望她瞭解我的心意，要把我的心意傳達給她。

「然後呢？」

「可以說你雖然很驚訝，但很高興，然後再順便問她週末有沒有安排。」

「啊，那我要約她去哪裡？」

「這種事要自己思考啊。」

「……呃，去看電影呢？」

「不錯啊。」

「啊，但我之前曾經在網路上看到一篇文章說，第一次約會絕對不能看電影。」

「蛤？那傢伙根本搞不清楚狀況，安全牌很重要。」

我把所有的事都記了下來。

「……好，那我要來打電話了。」

「喔。」

我看著手機上顯示的『福壽愛美』這個名字，各種擔心浮上心頭。這個時間打電話會不會很奇怪？不知道會不會冷場？

——

我按下了按鍵。在電話接通前的空白——鈴聲開始響起。我的心跳加速。

「她沒有手機，真的有點奇怪。」

上山嘀咕道。

鈴聲響了兩次之後停止。她接了電話。

『喂？』

「啊，請問是福壽小姐的府上嗎？」

我舌頭打結到連我自己都被嚇到了。

『南山！』

她充滿確信地叫了我的名字，讓我放心了不少，有一種和她心意相通的感覺。

「嗯，嗯，現在方便嗎？」

『嗯，方便啊。』

「太好了。」

我立刻看著手上的便條紙。

「今天謝謝妳。」

上山憋著笑。

『呃，沒有啦，也謝謝你。』

她在電話中傳來的聲音聽起來更清脆、更彬彬有禮。

『對不起，你一定嚇到了吧。』

沒想到她搶走了我的台詞。

「不，完全沒有。」

我在回答的同時，視線在便條紙上打轉。

沒想到上山把便條紙搶走了。

「啊！」

『啊？』

「不，沒事。呃……」

沒有了便條紙，我只能在漆黑一片的腦袋裡尋找該說的話。

「我很高興妳來找我。」

我覺得在說這句話時真情流露。

上山一臉賊笑，對我豎起了大拇指。

「昨天我忘了問妳的聯絡方式，所以很著急。」

『我也是。後來才想到「慘了！」。』

我們同時笑了起來。

這種感覺很不錯。

上山張了張嘴，無聲地對我說：「衝了！」我用眼神向他點頭。

「呃，妳週末有安排了嗎？」

『不，沒有。』

「那要不要一起去看電影？」

『嗯，好啊。』

她回答得很乾脆，所以我也很自然地說：

「啊，太好了，那妳什麼時候有空？」

我得以帶著平靜的心情和她約好了時間。

「那就星期六見，晚安。」

『晚安。』

雙方都猜測著彼此掛電話的時機，那種感覺有點心癢癢的。

我把手機從耳邊拿開，用大拇指輕輕觸碰了按鍵。

頓時——就像是按下了身體內的按鍵，喜悅在體內爆發。

「太棒了！」

我向上山表達了這份喜悅。用力拍著他的手臂說：

「太好了！！」

「吵死了。」

上山苦笑著。

「眞是太好了。」

「是啊……！」

我連續用力點了兩次頭，眞的很慶幸有這個朋友。

# 4

星期六，我獨自走在三條的河原町，為兩個小時後的約會實地勘察。

我告訴上山，我對這一帶不太熟，他強烈建議我這麼做。

上山說：「你必須瞭解環境，才能表現出從容不迫的樣子。如果一下子迷路，一下子手足無措，很容易被對方打槍。你自己先去逛一圈，鎖定想要去的餐廳。」

上山自己在約會前，從來不會實地勘察。「只要根據當時的情況，提議和決定想要去的地方就好。」眞希望有一天，我也可以這麼說。

河原町大道雖然也在三條，但位在和動物園相反的方向，我很少來這裡，最多偶爾來這裡的大書店買書而已。一方面也是「我很潔身自愛，向來不會來這種地方遊蕩，眞是太帥了」的中二病惹的禍。

道路兩旁有很多漂亮的店家，我忍不住有點畏縮。我混在假日的人潮中逛了一圈，看著手機上的地圖，走向電影院的方向。

「…………」

老實說，雖然是在實地勘察，但我不能夠專心。

一方面是因爲兩個小時後就要約會，所以有點緊張。

而且——更重要的是，昨天發生的一件事讓我耿耿於懷。

昨天在學校時，我像往常一樣去教室吃便當，看到牆上貼了幾張速寫的作品。

那是之前交上去後發回來的作業，從班上同學畫的速寫中挑選出十二張，貼在教室的牆壁上。

那不是教授貼的，而是一個姓德田的同學。

我們班上有兩個人的繪畫實力超強，德田就是其中之一。他擅自挑選了「我覺得不錯的作品」貼在牆上。

我的速寫也在其中。

長頸鹿。

看到那張速寫，我想起了當時完成這張畫時的情景。

她好像說了什麼。

雖然無法明確回憶起她當時說的一字一句，但隱約想起她好像提到「貼在教室裡」這件事。

雖然她可能說的是其他意思，我不小心聽錯了，但我很在意這件事，有一種奇妙的感覺，決定下次見面時向她當面確認。

——原來要走這條商店街。

我看著地圖，繼續往前走。我第一次來這裡，以前甚至不知道這裡有商店街。

走進商店街後，我立刻發現這裡的商店和剛才的不太一樣。

那家是扇子店嗎？

櫥窗內展示的扇子色彩很豐富，而且都很有日本味，很有京都的感覺，我覺得很不錯。

不知道她會不會喜歡這種感覺。我沒來由地覺得她一定會喜歡。

在商店街走了一陣子後才發現，剛才河原町大道上都是一些每個城市都可以見到的商店，沒有一家商店例外。

這裡反而比較有趣。

不知道她會有什麼反應，還是她以前曾經來過這裡？

走著走著，來到了另一條商店街。

我發現有人大排長龍。

那是一家只有吧檯的炸雞店，排隊的人幾乎都是國中和高中女生。雖然我不知道這家店，但好像是一家有很多分店的名店。我探頭張望了一下，一份普通份量的炸雞兩百圓。

來排隊吃看看。我想起自己還沒有吃午餐。

我走到隊伍最後方時，看到了隔壁那家店。

披薩店。這家店也是只有吧檯，只能外帶，圓形的盤子上排列著切好的披薩，一盤一百圓。

這家店沒有人排隊，和隔壁的炸雞店相比，冷清得簡直有點悲哀。

我以前沒見過用這種方式賣披薩的店，所以很好奇。

那來試試這個，反正才一百圓。

我離開了原本的隊伍，走向披薩店的吧檯。這個舉動需要一點勇氣。

裝披薩的盤子有三種。我問一個年紀和我差不多，戴著帽子的女店員：

「請問妳推薦哪一種？」

「前面的盤子剛出爐。」

雖然我覺得她答非所問，但既然她這麼推薦，我就決定點最前面那一盤瑪格麗特披薩。

我向後退了幾步，鬆了一口氣，咬了一口放在塑膠盤上的披薩。

沒想到出乎意料的好吃。

嗯？奇怪？會不會是我這輩子吃過的披薩中最好吃的……？

除了外送披薩和家庭餐廳以外，我也曾經去正統披薩店吃過，但仍然覺得眼前的披薩最好吃。

我帶著驚喜一口接著一口，披薩的口感很特別，不光是餅皮，整體火候均勻，讓人忍不住食指大動。

爲什麼這麼好吃只賣一百圓？爲什麼這家店沒有大排長龍……？

我發自內心感到納悶的同時，也有一種「找到了不爲人知的好店家」的成就感。

——眞想讓她也試試看。

我強烈地這麼認爲。

我想讓福壽小姐嚐嚐這麼美味的食物。

這時，我猛然發現一件事。

我發現最近自己無論遇到任何事，都會想到她。

看到有趣的地方，就想帶她一起來看；吃到好吃的食物，希望她也可以品嚐。

不知道她會有什麼反應。她會喜歡嗎？她會感到高興嗎？

我不再像以前一樣，只要自己覺得好就沒問題了，很自然地想要和她一起分享。

啊——

原來這就是喜歡一個人的感覺。

我在熙來攘往的人群中，切實感受到這一點。

內心充滿了清純的感情。

無論未來和她之間會怎麼樣，我都會感謝她讓我體會到這種心境。

我這麼想。

# 5

我提前二十分鐘，出發前往約會地點。

剛才我去書店和麥當勞打發時間，每次看手機，就覺得時間過得很慢，但又對漸漸逼近的約定時間感到緊張，一直想要趕快來這裡。

經過 Lawson，穿越三條大橋，走向車站。

許多情侶都坐在橋下的鴨川沿岸，今天是假日，而且天氣很暖和，所以有很多情侶。我想到等一下就要和福壽小姐約會，又忍不住緊張起來。

鴨川前方的四條大橋，和過橋的行人看起來都很小。我看向相反的方向，遠處朦朧的青山很漂亮。

我走下京阪三條車站的階梯，前往相約見面的「三根扭來扭去的柱子」那裡。

即使離得很遠，我也立刻發現她站在那裡。

看到她的同時，全身就興奮起來，好像體內已經建立了條件反射的回路。

她也很快就發現了我，露出潔白的牙齒笑了。

她的笑容眞的太迷人了。

我輕輕向她揮手，故作鎮定地走向她。

「妳來得眞早，等多久了？」

「兩三分鐘而已。」

「是嗎？那太好了。」

我也對她展露笑容。

「那我們走吧？」

「嗯。」

我們的約會開始了。

她走在我身旁，今天的打扮看似有點不經意，但確實比平時俏麗，一看就知道是約會心情。讓人眼睛一亮的感覺，一開始讓我感到高興，但不一會兒，又感到有點不知所措。

因爲她的身上又貼了「完美」的標籤。

她用全身展現出她是很懂得挑選適合自己的衣服，「恰如其分的、理想中的正統女生」，無論男人和女人，都無法對她挑剔。

她察覺到我的視線，抬頭露出「嗯？」的笑容。

太可愛了。

「呃，妳今天的衣服、眞好看。」

「謝謝。」

她有點靦腆。

妳怎麼可以這麼完美？

「哇！」

即將到三條大橋時，她看到眼前的風景，輕輕歡呼起來。

往河原町大道的景色既不漂亮，也不壯觀，卻很有京都的個性。

「妳以前沒來過這裡嗎？」

「差不多只有兩次，而且是很久以前，沒什麼印象了。」

走在橋上時，她充滿好奇的眼睛東張西望。

「啊，南山，你看。」她指著鴨川前方說，「山好漂亮。」

「嗯。」

「那片綠色的漸層色彩好美。」

「我懂。」

我對她和我發現了相同的事物，而且覺得「好美」感到高興。

「好多人喔。」

她看著坐在鴨川沿岸的人說道。除了情侶以外，還有朋友或是攜家帶眷的人。

「這些人的距離幾乎是等間隔，有點了不起。」

「是啊，爲什麼會這樣？還是有畫線？可能畫了『以此爲界』的紅線之類的。」

她說話時，手指靈巧地移動著。

她的情緒有點高漲。我隱約覺得她比平時更興奮。

難道她也感到緊張？

「啊，那家星巴克好時尚。」

她又發現了新的標的，那是Lawson對面，位在鴨川旁的星巴克。

「那裡也是星巴克的座位嗎？」

她指著建築物的下方問道。沿著鴨川設置的納涼床旁有一扇大窗戶，可以看見裡面的人坐在沙發上。

「應該是吧？」

我沒去過那家星巴克，所以不太清楚。

「一定是的，好棒喔，感覺很不錯啊。」

「等一下要不要去坐坐？」

「嗯！」

之後，我們穿越了河原町大道，走進了商店街。

「我第一次來這裡。」

「是喔？」

我很慶幸自己事先來勘察地形，否則就會不時流露出「是這裡嗎？」的沒自信態度。

她充滿好奇的雙眼迅速在商店街的拱頂和櫥窗的商店之間打轉，嘴角上揚的嘴唇很可愛，我覺得她很像貓。

「啊！」

那家扇子店吸引了她。

「妳喜歡這種的嗎？」

「嗯。」

「要不要進去看看？」

「嗯。」

她興奮地回答，然後看了一眼手錶說：「時間沒問題吧？」

這個動作代表她做事有條不紊。

我們站在扇子店的櫥窗前。

有櫻花圖案的漂亮扇子，也有像是複製了平安繪卷的圖案，還有用扇子整體表現出月亮盈虧的陳列方式。

「太有意思了。」

她指著月亮的扇子說。

「嗯，原來還有這種扇子。」

「對啊。」

我們站在一起看著櫥窗裡的扇子，兩個人離得很近，我幾乎可以感受到她的溫度。

她的身上有淡淡的，卻又複雜的甜蜜香氣，就連完全不知道她擦了什麼香水的我，也覺得很有品味，忍不住有心動的感覺。

「妳、妳喜歡哪一把扇子？」

爲了掩飾自己的心慌意亂，我問了她這個問題。

「……好難選。」

她的眉間微微凹了下去。她時而蹲下，時而又站直身體，仔細打量櫥窗裡的每一把扇子。

「……嗯嗯……」

我覺得她根本不需要這麼煩惱。

在我們來到另一條商店街時，她立刻發現了那家大排長龍的店。

「炸雞店？」

機會來了。

我努力用不經意的口吻說：

「隔壁那家披薩店超好吃。」

「是嗎？」

看她的反應，好像聽到「好吃」這兩個字，立刻豎起了感應的天線。

「要不要試試？」

「非試不可啊。」

我走去吧檯，幸好不是剛才那名店員，所以我能夠假裝很內行地告訴她：

「前面的是剛出爐的。」

付了錢，準備拿披薩。她為要在三種不同的披薩中挑選哪一種，耗費了一點時間。

「眞有趣。」

「很少見到用這種方式賣披薩的店。」

「是啊。那……我開動囉。」

看著她吃披薩，我暗自緊張起來。

沒問題嗎？她一定會和我有同感。應該很好吃……

她吞下第一口時，雙眼綻放出的光芒有力地表達了答案。

「好吃欸！」

她的語氣很眞誠。

「是不是很好吃？」

「嗯！怎麼會這樣？超好吃啊。」

看到她興奮的樣子，我在內心做出勝利的姿勢。

我們就這樣在最完美的狀態下，一起去看電影。

## 6

「電影很好看！」

「眞的很好看！」

一走出影城，我們立刻相互說道。

原本只是覺得挑選娛樂片不會出錯，沒想到這部間諜動作片是一部傑作。如果雙方的感想不同，彼此都會尷尬，所以在表達感想時也要相互試探，但這部優秀的娛樂作品讓人完全不需要爲此擔心。

「那種開場方式超讚。」

「對啊！那個部分拍得很好，我忍不住驚嘆。」

福壽小姐也滿臉欣喜。

「我覺得那是超一流的工作人員在宣示，『我們要用洪荒之力娛樂你們這些觀眾！』」

「喔，原來你這麼想，太了不起了。」

「哪裡了不起？」

我笑著問，她也笑著點頭說：

「嗯，眞的了不起，了不起。」

我覺得氣氛超好。

「要不要去吃東西？」

我已經鎖定了餐廳。

「啊！我在想，」

「怎麼樣？」

「我想吃剛才的披薩。」

於是，我們又去了披薩店。

她完全不看其他種類的披薩，拿了和剛才相同的披薩吃了起來。

而且吃了兩片。

「我喜歡一樣東西，就會一直吃。」

她一臉滿足的表情說道。

「嗯，妳看起來就是這種類型。」

「你呢？」

「我算是喜歡嘗試各種不同的食物，現在就很想試試隔壁的炸雞。」

「喔，嗯，是啊，的確讓人有點好奇。」

她看著炸雞店，眉間凹了下去。

「我去買，妳要不要試一塊？」

「可以嗎？那我出一半的錢。」

「不用啦。」

我去炸雞店排隊，但排隊的人並不多，而且店家的手腳也很俐落，所以很快就買到了。

「給妳。」

「謝謝。」

福壽小姐從紙袋裡拿了一塊炸雞。

我們同時吃了起來。

……嗯……好吃是好吃……但是……

「很普通啊。」

「……好像是。」

因爲那塊炸雞是我請她吃的，所以她的評價很委婉，但臉上明顯露出了⤵的箭頭。

「這値得排隊買來吃嗎？我覺得奧里京的炸雞好吃多了。」

「那家的眞的好吃！」

「對不對？其實他們也可以用這種方式來賣。」

「喔，很不錯啊，我一定會買。」

我們邊吃邊聊。

「那……對了，要不要去星巴克？」

「等一下。」

她露出嚴肅的表情，走去披薩店——又買了和剛才相同的披薩。

我有點搞不清楚狀況，她用我從來沒有見過的毅然態度說：

「我無法接受那種炸雞作爲結束，我沒辦法就這樣結束。」

福壽小姐太有意思了。

「……千面女郎。」

「……應該是千面女郎。」

「啊！」「啊！」

我們兩個人同時驚叫起來。

我們聊到哪一部漫畫讓自己一口氣看完，然後同時說出了答案。

我們正在三條大橋前的星巴克，因爲找不到往下的階梯，所以我們得出結論，那些河畔的座位應該不屬於星巴克，於是並肩坐在吧檯座位。

這裡也是可以隔著窗戶看到鴨川的好位置，在比我住家附近的星巴克更有氣氛的店內，淡淡地飄散著烘焙咖啡豆的香氣。

「太厲害了。」

「是啊，這麼說一點都不誇張。」

「我是在高中的圖書室看了之後就迷上了。」

「原來你的高中有圖書室，太羨慕了。我也是在高中時看的，十五歲的時候。」

「啊？眞的嗎？」

除了這件事以外，我們的想法也都很相似。

「我經常覺得『這麼快就二十歲了』。」

「喔，我懂，會突然很著急，覺得好像該做點什麼。」

「沒錯！」

「最近我開始練腹肌。」

「是喔。」

「因爲我很擔心自己老了之後肚子變大，一旦肚子大了，就很難再縮回去，所以就提早預防。」

「啊，我超能夠理解，你是不是也會思考，以後想變成怎樣的大叔，怎樣的爺爺？」

「會有一個大致的概念，像是即使變成爺爺，背也要挺得很直之類的。」

「對吧對吧！」

她握起雙手，用力搖晃著。

「我也會想像，像是要成爲『漂亮的媽媽』，讓兒女爲我感到驕傲。」

這是怎麼回事？那種奇妙的不知所措和興奮感，就好像在玩紙牌對對碰的遊戲，隨便翻兩張牌，竟然接二連三都翻到相同的紙牌。

然後，又發自內心地認同，原來就是這樣。

我可以明確感受到她的表情和我們之間的空氣密度發生了變化。

當我去廁所時，店員帶我去搭乘店外的電梯。

一看手錶，已經超過四點半了。

我們已經聊了兩個半小時。

上完廁所後回到座位，隔著窗戶眺望街道，發現暮色漸漸籠罩街頭。

她坐在吧檯的座位靜靜凝望的溫柔身影，悄悄打動了我的心。

「下面有河岸旁的座位。」

我在她身旁坐下的同時告訴她。

「要搭外面的電梯下去。」

「原來是這樣。」

「要不要去？」

「嗯……窗邊有空位嗎？」

「好像坐滿了。」

「那還是坐在這裡好了。」她立刻回答說，「你看，可以看到一整片風景。」

她對著窗戶，輕輕張開雙手。

的確是這樣。在今天的相處中，我發現除了在挑選自己想要的東西以外，她總是能夠做出精準而迅速的判斷。

「是啊。」

我喝著馬克杯中僅剩的冷咖啡。

我突然想到長頸鹿的速寫。

「對了，」

「嗯？」

啊，她太可愛了。

「我昨天去學校時，看到那張速寫貼在教室。」

「那張速寫？」

「就是長頸鹿那張。」

「——喔，你是說那張。」

「妳之前是不是說過什麼？」

「啊？」

她仰頭看著天花板思考著。

「我說屁股畫得很好。」

「還有。」

「…………」

「妳說會貼出來什麼的。」

「…………？」

她用力扭著脖子，似乎不記得了。

果然是我想太多了嗎？

「啊，對不起，沒事。」

「什麼啊？這樣會很在意啊。」

「眞的沒什麼。」

「是喔。——啊，你看你看。」

她興奮地指著窗外。

一個戴著針織帽的爺爺帶著博美狗在河岸旁的路上散步。

嬌小的博美狗搖著尾巴，碎步跟在爺爺三公尺後方，最棒的是似乎可以從牠張開的嘴巴中聽到「哈、哈」的聲音。

「好可愛。」

當牠碎步慢走時，和爺爺之間的距離越來越大，當距離大到某種程度時，牠就會一陣小跑，縮短距離後，再度碎步慢走。

「喔喔。」福壽小姐忍不住叫了起來，「牠跑起來的樣子，眞是無法抗拒。」

「那隻小狗做出『再拉大距離，恐怕很不妙』的判斷很可愛。」

「你的想法好有趣。」

「有嗎？」

「南山，我覺得你很有趣。」

「我也覺得妳很有趣。」

我們相視而笑。

夕陽的色彩越來越濃，整個鴨川都籠罩在暮色中。

自在地坐在河畔的情侶也都融入了相同的顏色。

我想到一個好主意。雖然有點緊張，但目前爲止的氣氛很不錯，所以我也很自然地開了口。

「要不要去那裡？」

「嗯。」她點了點頭。

# 7

水邊有一種獨特的寧靜。

雖然三條是人來人往的地方，河水也因爲地勢落差的關係，隨時發出嘩嘩的聲音，卻有一種寧靜的感覺。

「今天眞開心。」

「嗯，眞的很開心。」

她也同意我說的話。

原來兩個人在一起，會有這麼大的不同。

第一次來三條時，我曾經帶著觀光的心情坐在這裡。當時沒有太多的感受，很快就站了起來。

和她坐在一起，就覺得……很棒。

我終於完全瞭解爲什麼情侶會坐在這裡了，只能隱約聽到旁邊情侶說話的距離感也很棒。

「今天的電影很好看。」

「很好看。」

「披薩也很好吃。」

「很好吃。」

我們很自然地安靜下來。

對岸有人扛著腳踏車走上通往馬路階梯，堤防上有紅色樹葉的樹叢，和只剩下一半花朵的櫻花垂著樹枝。

看著眼前的景象時，我發現自己不再對沉默感到緊張。

『要明確對她說，請她和你交往。』

我的腦海中浮現了朋友對我說的話。他說，說了絕對比不說好。

我轉頭看向她。

她坐在那裡的身影好像突然變得遙遠。

交往到底是怎麼回事？

我幾乎沒有談戀愛的經驗，國三快結束時到高一期間，曾經有過一段似有若無的感情，最後沒有發生任何事，就漸行漸遠了。

所以我不知道該怎麼辦，也搞不懂談戀愛是怎麼回事。

談戀愛有點像是翻身上單槓。會的人不用思考，就可以輕鬆翻身上單槓，不會的人根本不知道該怎麼做。

她察覺到我的視線，滿臉疑惑地轉頭看著我。

「沒有啦，我只是覺得有一種奇妙的感覺。」

「哪裡奇妙？」

我整理了剛才的想法。

「和妳這樣在一起。」

她露出淡淡的笑容，注視著水面。

「是啊……」她小聲嘀咕道，「我第一次遇到那種事。」

我知道她指的是我第一次向她告白的事。

「嗯……」

「不瞞你說……這也是我第一次和別人約會。」

「啊？」我忍不住發出驚叫聲，因爲眞的很意外。

「別人經常這麼覺得。」

她苦笑著說，似乎察覺到我內心的想法。

「我完全沒有戀愛經驗，別人卻覺得我經驗豐富，覺得我很有異性緣。我也不好意思說，我完全沒有談過戀愛，所以也就一直沒機會。我不可能採取主動，也沒有人來追我……雖然我並沒有表現出『我不想談戀愛！』的感覺。」

我好像突然瞭解了原因。

她之所以會有目前的狀況，是因爲她全身貼滿了「完美」的標籤，即使她察覺到這一點，也無法自己撕下標籤。

她會因爲自己的審美觀和進取心，情不自禁地努力不懈，只能前進，無法後退。

剛才的紙牌對對碰翻開的牌顯示了這件事。雖然我並不像她那麼漂亮。

「所以，那時候……我一直很嚮往突然有人說對我『一見鍾情』，……所以我很高興。」

原來是這樣。

這時，我內心見不得人的負面想法在腦海中呢喃。也就是說，只因爲我是第一個向她告白的人，所以才這麼幸運。

「但並不是任何人都好。」

聰明的她立刻打消了我這個念頭。

「我在這方面很謹愼，謹愼到有點超過的程度。雖然很嚮往戀愛，但很謹愼，甚至有點病態的程度。」

「沒那麼嚴重……」

「不，是眞的。」

她很堅持。

「但是……」她原本想要說下去，「……算了。」她輕輕搖了搖頭。

強風吹拂著水面。

映照在水面上深濃的影子，好像毛玻璃般模糊起來。

「會不會冷？」

夕陽已經西沉，空氣漸漸染成冰冷的藍色。

「我可以告訴你實話嗎？」

她的聲音好像會融化在暮色中。

「什麼事？」

「我一直都看著你。」

我一時說不出話。

「你沒有發現吧？」

她抬眼看著我。

看著我？爲什麼？

「……從什麼時候開始？」

「和你差不多的時候。」

我想了一下，才終於理解這句話的意思。

「那不叫一直啦。」

我半開玩笑地吐槽她。

她笑了起來。

「反正就是這樣。」

開玩笑的心情漸漸平息，不一會兒，再度安靜下來。

我們注視著河面，感受著彼此的存在。

……現在應該是機會。

我突然想到。如果要說，現在應該是機會。

但是，第一次約會就要說嗎？——我忍不住猶豫起來。

她會不會覺得太突然，反而退縮了？——我感到害怕。

今天這樣不是夠順利了嗎？還是不說為妙，下次再說吧。——務實的想法在我內心逐漸佔了上風。這樣真的沒問題嗎？真的沒問題嗎？

我帶著煩惱看向她。

我很想稱讚自己。

因為她注視著水面的側臉發出了「我在等你這麼說」的感覺，我可以清楚聽到她的內心的召喚。

應該是因為我們今天聊了很多，翻開了很多成對的紙牌。

既然這樣，只要我再度——

只要身為男生的我鼓起勇氣就好。

「……福壽小姐。」

她沒有立刻轉頭看我。

她向上翹起的耳朵和臉頰傾聽著我的話，似乎在做心理準備，迎接下來會發生的事。

她轉過頭。

那張平靜的臉上，只有一雙眼眸發出強烈而溫暖的光芒。

她的眼神充滿了專注，好像在肯定我的同時，自己沉浸在這個剎那之中，想要把映在眼簾中的世界永遠烙在腦海中。

「請妳和我交往。」

我對著她說出了有生以來第一次說的話。

她的眼眸宛如小小的湖泊般濕潤。她輕輕地吸了一口氣，似乎有點鼻音。

「好。」

她用顫抖的聲音回答。

她用指尖擦了擦閉著的眼瞼之後，又回答了一次。

「好。」

看到她的這個表情，我想起了她的名字。

福壽愛美。

我覺得妳人如其名。

妳說，福壽的福，是笑福面的福。

妳自然流露的笑容中，充滿了帶著圓形光芒、呼喚幸福的美麗。

# 間奏

十歲的時候，南山高壽每週六、日都要去上足球課。

這是父母硬逼他參加的活動，他完全不感興趣，每次都很希望因爲下雨而停課。

但是，不可能每次都剛好下雨，所以他今天也很不甘願地練完足球，下課後走到父母經營的腳踏車行附近。星期天都會在那裡和父母一起吃午餐。他拿著父母給他的五百圓硬幣，去附近壽司店買散壽司回去吃，成爲他唯一的期待。

秋高氣爽，他走在超市前的小路上。這一帶有很多經營多年的商店，但就像很多外縣市一樣，這裡也漸漸變得沒落。

高壽雖然還是小學生，但也想到了「不景氣」這件事，然後準備走向十字路口。

右側的章魚燒攤位從他小時候就開始做生意，今天，老闆娘也在攤位上翻動著章魚燒。高壽覺得她很賣力做生意。

「高壽。」

高壽聽到後面有人叫自己的名字，回頭一看。

一個戴著墨鏡的女人站在那裡。

雖然高壽不確定她的年紀，但覺得她看起來很年輕，無論頭髮和身上穿戴的衣物都很華麗，一看就知道花了不少錢，和這個沒落的地方格格不入。高壽覺得她像出現在電視上的人。

「南山高壽。」

聽到她叫自己的全名，高壽確定是在叫自己，但他不知道對方是誰。以前在哪裡見過嗎？

女人來到高壽的面前，蹲到和他視線相同的高度。

「你還記得我嗎？」

高壽搖了搖頭，但聞到她身上香噴噴的香水味，隱約刺激著記憶深處。

「就是五年前地震的時候。」

「啊！」他忍不住驚叫了一聲，「是阿姨！」

「你想起來了嗎？」

高壽點了點頭。

「你最近還好嗎？」

高壽再度點頭。

「是喔。」

高壽感到緊張。因爲對方是大人，而且是一個很漂亮的阿姨。即使戴著墨鏡，也可以看出她很漂亮，她和高壽平時接觸的大人感覺完全不一樣。

高壽覺得自己該說些什麼，於是就說明了自己爲什麼穿著制服。

「我剛練完足球。」

「原來你在練足球。」

「嗯。」

「有進步嗎？」

「完全沒有。」

「是喔。」

章魚燒的香味飄了過來。

「啊，還在營業。」

她看著章魚燒攤位的紅色篷子。

「要不要吃章魚燒？」

高壽點了點頭。

他們走去攤位，老闆娘看到客人的美貌，有點緊張地說：「歡迎光臨。」不敢正視客人。透明玻璃櫃上貼著價格。『三十個　五百圓』是高壽夢寐以求的數量。三十個。簡直就像在做夢，但五百圓太貴了。

「高壽，你才十歲，三十個太多了。」

她說。

高壽覺得自己一定可以吃完，但還是看著阿姨買了兩盒十個裝的章魚燒。

「給你。」

他接過用苔綠色紙包起來的白色保麗龍盒子。剛出爐的章魚燒很燙，飄出讓人流口水的味道。

「謝謝。」

高壽在道謝後，想起一件事。

「謝謝妳救了我。」

這次爲上次的事道謝。

「不客氣。」

她一派輕鬆地回答後，打開了保麗龍盒子，醬汁和柴魚片、青海苔粉的味道立刻撲鼻而來。

「好懷念啊。」

她深有感慨地嘀咕。

「以前我曾經來過這裡，差不多十年前。」

「那時我還沒出生。」

「嗯，是啊……」

高壽用牙籤挑開黏在一起的章魚燒後放進嘴裡。

章魚燒很燙，很好吃，是他熟悉的味道。

「啊，好燙，好燙。」

她用滑稽的動作跺著腳說：

「——啊，但是好好吃。」

高壽點了點頭。

「章魚燒就應該是這樣。」

阿姨小聲嘀咕說：

「價格很便宜，不是那種有模有樣的店，而是像柑仔店一樣，一個只要十圓，像這樣軟趴趴的，看起來就很好吃。」

她似乎突然被感傷籠罩。

「……眞懷念啊。」

高壽覺得她在哭泣。

「……妳怎麼了？」

「不，沒事。」

他們靠在章魚燒攤位旁的牆壁上吃章魚燒。

「高壽，你好像不喜歡踢足球。」

「嗯。」

「你喜歡什麼？」

「我喜歡畫漫畫。」

「你以後想當漫畫家嗎？」

「漫畫家也不錯，但我想開發遊戲。」

「你一定可以的。」

聽到她毫不猶豫地回答，高壽抬頭看著她。

「你一定可以成爲從事創作的人。」

她的聲音中有一種高壽以前不曾感受過的質感。雖然他不瞭解是什麼，卻深深打動了他。

他很清楚，這個阿姨和自己周遭的大人不一樣。

「阿姨，妳是做什麼工作的？」

「你猜猜看。」

「……藝人？」

「答對了。」

啊！高壽很驚訝，內心不由得緊張起來。

「是演什麼的？」

「你不知道的電視節目。」

「妳告訴我，我就會去看。」

「姊姊今天來這裡，是有一樣東西想要寄放在你這裡。」

「？」

她把章魚燒放在牆邊，從皮包裡拿出一樣東西。

「就是這個。」

那是像一本厚文庫本一樣的褐色盒子。

盒子表面有一個像鑰匙孔一樣的洞，除此以外毫無特色，感覺像是辦公用品。「這是什麼？」

「裡面是很重要的東西。」

「什麼東西？」

「現在是秘密，下次見面時，我才會告訴你。」

「下次是什麼時候？」

「很久以後。」

說完，她把盒子放在事先準備好的小紙袋裡，掛在高壽的手腕上。

「所以，在下次見面之前，千萬不要遺失了。」

阿姨的聲音很嚴肅，高壽感到不安。

自己是不是牽扯上什麼危險的事？高壽帶著這樣的心情看著紙袋。

「你有沒有地方可以放重要的東西？」

高壽想了一下，搖了搖頭。

「你畫好的漫畫都放哪裡？」

「……書桌最下面的抽屜。」

「那就也放在那裡，一定不會遺失。」

「嗯。」

高壽也覺得應該是這樣。

「你要好好保管，不要遺失，不可以打開喔。」

高壽點了點頭。

阿姨又蹲了下來，和他的視線保持相同的高度，伸出小拇指。

「那我們來勾手。」

「……不要。」

「喔，原來你怕難爲情？」

「嗯……」

高壽移開了視線，她露出了大人的笑容，目不轉睛地看著他。

然後默默地抱住了他。

高壽很驚訝。阿姨抱得很用力，他覺得有點不太能承受，但不知道爲什麼會心跳加速。

當阿姨鬆開他時，有那麼一剎那，他覺得有點冷。

「下次見面時，我們再一起打開這個盒子。」

阿姨語重心長地說。

隔著墨鏡隱約看到了她的眼睛，她的眼睛很美，打動了高壽幼小的心。

第二章

# 盒子

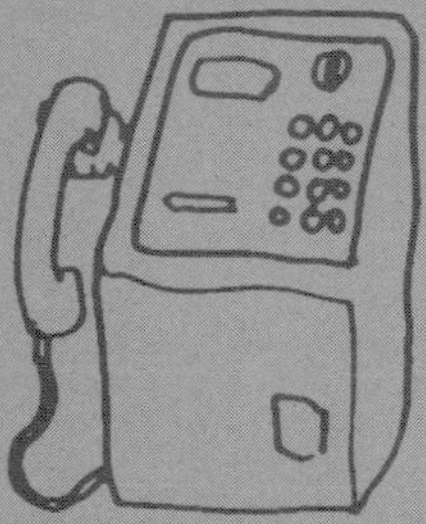

# 1

我無法克制自己嘴角上揚。

早晨起床洗臉時，騎腳踏車去車站時，搭電車去大學時，上課時，我都會情不自禁地露出笑容，只能用手遮住嘴巴。

我有女朋友了。

而且是我一見鍾情，喜歡得不得了的女生。

啊，完了，我的嘴角又上揚了。

從前天開始就一直這樣，而且今天我們約好傍晚要見面，所以心情更激動。我覺得自己魂不守舍，六神無主，很希望時間走得快一點。

但是，功課都有認眞完成。

相反地，我告訴自己，在課業方面絕對不能鬆懈。我覺得她應該也是這種人。

我像往常一樣，從三條車站穿越了平安神宮的鳥居前往動物園。在四點之前，完成了足夠張數的畫。

正當我把繪畫工具收進書包時，手機好像算準了時間般響了起來。

螢幕上顯示『公用電話』。——幾乎百分之一百是福壽小姐打來的。

因爲她沒有手機，所以約好會用公用電話打給我。

「喂？」

『啊……我是福壽。』

「嗯，妳已經到車站——」

『我現在到車站了。』

「嗯，嗯。」

『啊，對不起。』

「不會啦。」

我的回答聽起來很生硬。非常生硬。

但我內心充滿期待。

「我正準備離開動物園。二十……十五分左右會到，妳在之前的地方等我。」

『嗯。』

「沒問題吧？妳知道地方嗎？」

『就是扭來扭去的柱子那裡吧？沒問題。』

「對不起，我馬上過去。」

『嗯，我等你。』

她掛上了電話。

我放好手機，一路小跑著衝出動物園。

她沒有手機似乎不是她不想，而是她的父母不同意之類的因素，我也沒有繼續追問。

穿越平安神宮的鳥居，離開了大馬路，沿著和大馬路平行的寧靜河岸走向車站。我沿著和緩的彎道往前走——忍不住感到驚訝。

福壽小姐站在石橋旁。

雖然從這裡只看到很小的人影，但我絕對不會看錯。她站在不會影響行人的位置，不經意地看著河畔一棟黑色小屋。

奇妙的是，雖然我離她這麼遠，但她竟然察覺到我的視線，實在太令人驚訝了。

她一看到我，立刻露出了幸福的笑容，然後走了過來。

我也繼續往前走。

我們在河畔的小路兩側縮短了彼此的距離，來到橫跨河面的小路前。那只是沒有欄杆，也沒有其他東西，只能稱為「渡板」的一塊水泥板而已。

「妳在那裡等我。」

我對她說，但她沒有聽我的話，走了過來。我也不願意等在那裡，所以也走了過去。

於是，我們在正中央停了下來，面對著彼此。

「我不是叫妳在那裡等我嗎？」

「嗯。」她顯得有點害羞。

「妳怎麼會來這裡？」

「嗯……」

她搖晃著放在裙子前的皮包說：「我原本打算一邊看書，一邊等你……但覺得無法靜下心來。」

她的意思是！

她的意思是——想要早一點看到我嗎？

我很想聽到她說得更明確，也想問清楚，但還是忍住了。

「是喔。」

所以，我只是若無其事地笑笑說：

「那我們走吧。」

「嗯。」

我們一起走去車站。

雖然只有一天沒見面，但覺得好像很久沒見到她了。

她也有同樣的感覺嗎？她是帶著這樣的心情來和我見面嗎？

果真如此的話，我會高興得發瘋吧。

「你之前在風景畫中畫過那棟黑色小屋吧？」

「對，一年級時的作業，我記得老師給了我B。」

「算不錯嗎？」

「算不錯啦。」

我突然想起一件事。

「對不起，等一下。……我可以拍一張照片嗎？」

「我的照片？」

「嗯，我朋友想看妳的照片。他叫上山，是我很多年的朋友。那個……這次的事，我也問了他很多意見。」

「啊，是這樣啊？」

她似乎很有興趣，然後欣然點了點頭說：

「嗯，好啊。」

「謝謝。」

我拿出手機。

「要在這裡嗎？」

她碎步走向石橋，站在黑色小屋前。

「對，我正想這麼說，妳等一下。」

我向後退了幾步，尋找理想的構圖。——這個角度不錯。

「那我要拍囉。」

我看到鏡頭中的她調整好姿勢和表情。

我按了按鍵，聽到喀嚓一聲。

「怎麼樣？」

「我覺得拍得很不錯。」

我出示了照片，她露出仔細玩味的眼神，然後點了點頭，似乎覺得很不錯。這種動作果然很有女生的感覺。

我們走在我平時經常走的路上，兩旁都是老舊的木造獨棟房子。

我突然發現和她一起走在平時每天走的路上有一種新鮮的感覺。

我看向身旁。

她像往常一樣，散發出文靜的可愛，看著前方走路。

——她是我的女朋友。

這時，她轉頭看著我，用調皮的口吻問：

「怎樣？」

「沒事。」

「我會在意嘛。」

她說話的語氣有點像在鬧彆扭。

看到她抬眼看我的眼神，我就馬上放棄了，就像之前一樣據實以告。

「……沒想到妳眞的變成了我的女朋友。」

哇，超害羞的。

「有點難以相信可以像這樣和妳走在一起……」

我低頭看著柏油路，輕輕抓了抓頭。

「我很高興。」

她什麼都沒說，我轉頭看她，發現她對著陽光瞇起了眼睛。

我知道她聽了我的話，感到很高興。

太幸福了。

這個世界上，還有比和喜歡的人相愛更幸福的事嗎？

「我這個人，」

「嗯？」

她微微帶著歉意地垂著眼睛說：

「我不是療癒系，雖然別人經常這麼以爲。」

「沒關係。」

「我很任性，有時候會強烈地表達自我。」

「沒關係。」

「而且很容易被食物影響情緒。」

「沒關係。」

「沒關係嗎？」

「沒關係。」

「是喔……」

她好像吃了什麼美味的食物般小聲呢喃著。

「那就請你繼續好好關照。」

她有點害羞地開玩笑說道，我也開玩笑地恭敬回答：

「彼此彼此。」

心裡有一種癢癢的感覺。別人如果看到，一定覺得我們很白痴。我們真的是一對白痴恩愛情侶啊。

太美好了。

這時，她用力吸著鼻子笑了起來。

「對了，還有一件事。」

她的眼眶有點濕潤。

「我的淚點很低。」

## 2

她眞的經常哭。

「我在想，要怎麼叫妳。」

「喔喔。」

「因爲一直叫妳福壽小姐，好像有點奇怪。」

「我懂，感覺沒情調。」

「情調？」

「情調很重要啊。」

「不知道別人都是怎麼叫的，我在這方面沒什麼經驗。」

「那就從現在開始啊，我也是第一次遇到這種事。」

「是不是？」

「是啊。」

「那……我叫妳愛美？妳覺得怎麼樣？」

「嗯，我覺得很好啊。那我叫你高壽？」

「嗯，那要不要試著叫看看。」

「喔噢。」

「喔噢什麼？」

「因爲很害羞啊。」

「……。——愛美。」

「有。」

「…………」

「……高壽。」

「有。啊，慘了。」

「是不是？」

「是啊。……啊？」

「啊，抱歉抱歉。突然有點感動……」

「沒關係。」

「很有情調。」

「有情調嗎？」

那次去西內家聚會時也一樣。

大學的同學，同是京阪組的西內一個人住在觀月橋的大廈公寓，我們這一組的人經常去他家聚會。

這一天，大家隔了很久，終於又約了去他家聚餐，也是我第一次帶愛美一起出席。

從在大家相約見面的地方向大家介紹愛美之後，直到在西內家坐定下來，大家都因爲愛美的正點感到緊張不已，看到大家對我露出「不會吧？」的反應，我很有面子，也很得意。

雖然這種想法有點低級，但我還是忍不住想要炫耀，怎麼樣？我的女朋友很正點吧？

她一開始很文靜，但當我們拖拖拉拉，遲遲沒放好酒和下酒菜時，她立刻掌握了主導權。

「把這裡的東西全都拿開，然後裝在一個大盤子裡。西內，你家有沒有盤子？」

「啊，還要免洗筷和杯子。」

她做事很俐落，但似乎並不是基於對別人做事不放心，而是因爲不喜歡看到別人拖拖拉拉，希望事情能夠「速戰速決」。

看到當她問：「剛才有沒有搖晃？是不是搖晃了？不知道是幾級地震？」我發現她是擅長積極營造氣氛，富有協調性的人。當她輕鬆自如地應付這些場面時，我感受到她身上隱約散發出『我很能幹！』的自誇氣勢——我又瞭解到她新的一面。

但是，她很不會玩遊戲，大家都忍不住吐槽她：「這麼快就玩完了？」她向大家坦承，她的運動能力很差。

和我同組的同學紛紛告訴她我的糗事和奇怪的行徑，她聽得津津有味。

雖然我嘴上勸阻著同學：「不要再說了！」但奇怪的是，我因此明確感受到自己目前有女朋友，忍不住竊喜。

當聚會快要結束的時候——

大家都以爲她很愛喝酒，酒量也很好，沒想到她突然哭了起來。

她哭哭啼啼地對其他人說：

「希望大家以後也要和高壽當好朋友。」

林吐槽說：

「妳這樣好像他媽喔。」

沒想到她回答說：

「如果高壽變得很潦倒，你們要寄點心給他吃。」

大家都笑了起來，結束了這次的聚餐。

晚上回家的路上，她走在橋上說：「觀月橋眞是好名字，觀月的橋，很有情調。」於是，我們兩個人仰頭尋找著月亮。

不久之後，我就搬去丹波橋的公寓一個人生活。

因爲每天花很多時間去大學上課很累，而且經常和父親吵架，當然也是爲了方便和她見面。但丹波橋的地點並不算方便，至於爲什麼不乾脆搬到距離更近的叡山沿線，連我自己也不清楚。

# 3

『那我明天可以去找你嗎？』

我搬家當天的晚上，和她通了電話。

「啊？但我行李幾乎還沒有打開……」

『我可以幫忙整理。』

「嗯……」

『因爲你搬家，我們今天也沒有見面啊。』

她嬌聲抗議著，我腦袋深處都被幸福融化了。

「是沒錯啦。」

我故作冷靜地回答，她又氣鼓鼓地說：

『就是啊，你還這樣。』

我們瞭解彼此，也逗弄著彼此。

「但昨天不是才見面嗎？」

『什麼意思嘛！你真沒情調。』

「我就知道。」

『什麼嘛！』

啊，好白痴喔。好甜蜜啊。太完美了。

『你會覺得很煩嗎？』

她說話的語調和剛才有點不一樣。

「對什麼事？」

『每天見面啊……』

「沒這回事。」

沒錯，我們開始交往之後，幾乎每天都見面。

她很怕孤單，不光是假日，平時放學之後，也會問我：「可以去找你嗎？」然後我們就會約會。

我問了上山，他說：「一開始都這樣。」所以應該就是這麼一回事吧。

我們有時候去河原町逛街，有時候去參觀美術展，我也曾經帶她參觀我們學校，一起在學生食堂吃飯。

「和妳在一起很開心啊，一點都不會覺得煩——我沒騙妳。」

我在說話時發現，照理說每天見面應該會感到膩，或是有點煩，但和她在一起時，時間過得特別快。

「到底是爲什麼？」

『什麼？』

「是不是因爲我們很合得來？」

『……嗯。』

她有點感動的聲音隨著電波的雜音傳來。

「有情調？」

『有情調。』

然後，我們閒聊了一會兒。

「……那就十點約在車站的驗票口。」

『嗯。』

「晚安。」

『嗯，晚安。』

「嗯。」

『嗯……』

「這樣會沒完沒了。」

『對啊，晚安。』

「晚安。」

我把手機拿下來時，聽到輕微的吐氣聲。她不經意的呼吸聲有點性感，和她平時的感覺不太一樣。

一看時間，晚上十一點四十分。

她家還有一條家規。

門禁和打電話都不能超過半夜十二點。

雖然她家教很嚴，不允許她有手機，但我覺得門禁十二點的規定有點奇妙。

# 4

往淀屋橋方向的特急電車進站後，那班電車的資訊就從LED顯示器上消失了。

不一會兒，就有很多人從月台的樓梯走上來，穿越了驗票口。

我倚靠在正面的牆上，注視著走上來的人群。

以時間來說，她搭這班車的可能性很高。

和別人相約時，通常可以用電話和簡訊馬上確認對方到了沒有，但她沒有手機，所以我心神不寧地看著階梯，不知道她在這些乘客中，還是會搭下一班車來這裡，然後想到，昭和年代的人約會時，應該就是這種感覺。

我發現了愛美的身影。

頓時心花怒放。

她也看到了我，露出了幸福的笑容。

我輕輕揮手回應，我們迫不及待地縮短彼此的距離。

「辛苦了。」

「辛苦了。」

「走吧？」

「走吧。」

「啊，先在這裡買茶飲回家，我家裡什麼都沒有。」

「喔，很有男生一個人生活的感覺。」

我們在商店買了兩小瓶寶特瓶的飲料，走下西口的階梯。

走下階梯，立刻是一片住宅區。

「喔！」

「車站前什麼都沒有。」

「那要去哪裡買東西？」

「另一頭有超市和商店街。」

「是這樣啊。」

我們走完和緩的下坡道後左轉。

「果然很有京都的味道。」

「是啊，雖然無法具體說出來，但很有氣氛吧。」

「對啊。」

「我有言在先，我租的房子眞的又小又破。」

「嗯。」

「就是那一棟。」

我指著一棟三層樓的公寓說。

「是喔。」

一走進公寓的入口，就有一台洗衣機和烘衣機。

「這是怎麼回事？」

「有點像自助洗衣店，因爲房間裡放不下洗衣機，所以我以後應該也會使用。」

「眞有趣，一百圓可以使用三十分鐘烘衣機。」

「眞的很奇怪吧？」

因爲這裡的房租很便宜。我在向她說明的同時走上了樓梯。最頂樓的三樓，狹窄的水泥走廊上有五道綠色的門，我住在最角落的房間。

用鑰匙打開門，很有自己的家、獨立的感覺。我很喜歡這個瞬間。

門內的水泥地空間很小，可能塞不下兩個棒球的本壘板，瓦斯爐和流理台也好像硬塞在牆壁旁。

走過廚房，是三坪大的木地板房間，地上放著我從老家帶來的被子和手機充電器，還有電視、代替衣櫃使用的收納箱，以及幾個紙箱。

「你的房間很乾淨啊，很清爽的感覺。」

「因爲我剛搬來，要不要喝茶？」

「現在不用，先來整理吧？」

她看著房間內的行李。

「啊，電子琴！你之前說你會彈。」

「我只會彈一首曲子。」

「是喔，那以後彈給我聽？」

「好啊。」

「太好了。你的行李好少喔。」

「因爲房間很小啊，書本那些我都留在家裡，其實沒什麼東西需要整理。」

「是啊。」

「我今天起床時想要整理，拚命忍住了，特地留著。」

「好吧，算你機靈。」

說完，她從皮包裡拿出了綁頭髮的橡皮圈。

「你看！橡皮圈！」

「是哆啦A夢。」

「啊？什麼？」

「哆啦A夢啊，不是很像嗎？」

「喔……有嗎？」

她的眼神飄忽著。

「妳該不會……沒看過？」

「嗯，呃……嗯。」

「是喔，好奇怪啊。」

我以為每個人小時候都至少看過一遍。

「但是，我曾經聽說過。」

她有點嚴肅地說道，然後把齊肩的頭髮用橡皮圈綁成了馬尾。

她白皙的脖子露了出來，新鮮的輪廓讓我一驚。

好久沒有這麼緊張了，但這和與她交往前的緊張不一樣，好像有點愧疚的感覺。

邀女朋友來家裡——男女之間很常見的狀況，和因此產生的無聊聯想即將浮現在腦海，我咬了咬牙，趕走了這種想法。

愛美完全沒有察覺我的矛盾心情，只穿了一件很合身的針織衣，俐落地開始整理起來。她纖細而柔軟的身體曲線流暢地活動，這種很有女人味的質感充滿了藝術感。

沒錯，就是這樣，女人就是這樣。

「這些教科書要放在哪裡？」

「妳先堆在那裡吧。」

「沒有書架可以放嗎？」

「嗯。」

「等一下去買組合式的書架吧，有書架比較方便。」

「啊？好麻煩喔。」

「我記得一百圓商店有在賣。」

「嗯。」

「那我先堆在這裡。」

……我覺得等一下會去買書架。

她整理完教科書後，又打開另一個紙箱。

「這是『勇者鬥惡龍』吧。」

「是啊，這是我小時候第一次買的CD。」

「我懂，第一次買的CD都會留下來。這個呢？」

「Perfume。」

那個紙箱裡裝了書和CD，完全可以瞭解我的興趣愛好。因爲我事先沒想到這件事，所以覺得有點難爲情，但又覺得應該讓女朋友知道。

我想著這些事，看著她露出「這些東西要怎麼放比較好呢？」的表情，覺得這種感覺超棒，體會到有女朋友的幸福。

「沒關係，這些東西就留在紙箱裡。」

「但是，放在置物架上不是比較方便嗎？一眼就可以看到哪裡有什麼。」

我有預感，她也會要我買置物架。

「我送你當搬家的禮物。」

我婉拒了。

她又打開另一個小紙箱。

最上方放了一個像是厚厚文庫本大小的褐色盒子。

喔，對喔，原來我放在這裡。

十年前，救命恩人放在我這裡的盒子。我想起還沒有向她提過這件事。

「這個褐色的盒子是我小時候——」

「這是漫畫嗎？」

我正想要告訴她，她指著旁邊那堆我自己創作的漫畫問道。

「啊？……喔，原來是那些。我小時候畫的勇者鬥惡龍。」

「你還眞喜歡勇者鬥惡龍。」

「因爲那是激發我想要畫畫的契機。」

「原來是這樣。」

「嗯。」

「我可以看嗎？」

「嗯。」

那是用訂書機把空白的紙釘起來做成的冊子，我還狂妄地畫了封面插圖和標誌。她翻開了冊子，裡面是我自己用尺畫的格子，和用鉛筆畫的漫畫。

「喔。」

「畫得很醜吧？」

「小學生能畫出這種程度已經很了不起了。」

「我都在下課時間畫，然後給其他同學看，從第一集開始，都放在學校的置物櫃裡，每次同學問我：『續集還沒有畫好嗎？』我就很開心。」

「你很有創意。」

她嘀咕著，然後直視我說：

「你一直都這麼有創意。」

她的視線很溫暖，好像一直滲透到我的內心深處。

她的真誠讓我害羞，我移開了視線。

「下面的是速寫簿？」

「啊，原來這裡也有。」

那是我爲了考美術大學，開始去美術班上才藝課後開始使用的速寫簿。褐色的封面上用毛筆寫了一個『8』字。

「這是第八本嗎？」

「這是以前的，算是塗鴉簿。」

同時，也寫了很多關於小說的點子。

「我可以看嗎？」

「嗯。」

……這時，我下定了決心。

我要告訴她，我正在寫小說，而且要讓她看我寫的小說。

雖然在別人眼中，可能覺得這不是什麼了不起的事。但是，這是我最大的秘密，我從來沒有告訴任何人。

我除了畫畫以外，還隱瞞了一件事——從客觀的角度來看，眞的是很孩子氣的「秘密武器」，卻是我很怕被別人知道、只屬於我的寶物。

雖然我無法明確說明爲什麼這麼想要隱瞞這件事，但我沒有理由地害怕，好像一旦被人知道，就會減少，就會受到損害。

但是——

「我……」

我內心也有想讓別人看我小說的渴望。

「不瞞妳說，我在寫小說。」

原本低頭看速寫簿的她轉頭看著我。

我就像第一次遇到她時那樣小鹿亂撞。

「除了畫畫以外，我一直都在寫小說，從來沒有給任何人看過，也都一直隱瞞這件事。」

她感受到我的態度，也露出了嚴肅的表情。

外面隱約傳來有人走下樓梯的金屬聲。

「嗯，」她露出開朗的眼神回答：「好厲害，是什麼故事？」

她燦爛的笑容好像照亮了我的寶物。

沒有減少，也沒有受到損害……只有解脫的爽快喜悅。

## 5

我們走去商店街吃午餐。

「京都大部分道路都是筆直的。」

她說。

「對，我最近看了網路的地圖，有一點感動，眞的像棋盤一樣。」

「是喔？我想看。」

我拿出手機給她看。

「喔……」

「對不對？」

「嗯，很厲害。——啊，那種的，」

她指著十字路口的地藏菩薩廟說：

「有很多那種的廟，也很有京都的味道。」

我們一邊閒聊著，來到了商店街。

通往伏見桃山車站的這條商店街很長，沿途有很多家連鎖速食店，是很熱鬧的區域。

「好熱鬧，絲毫不輸給三條。」

「對吧？但是很抱歉，我只有昨天來過一次，還不知道這裡有哪些店。」

「那我們一起逛一圈，找一找有沒有理想的餐廳。」

「好啊。」

我們隨著人群慢慢逛了起來。

「你昨天去了哪裡？」

「我去陶器店買了碗。」

「陶器店，聽起來很不錯。」

「雖然也可以去一百圓商店，但因爲碗是每天都要用的東西。」

「我懂。」

「我在買大碗時，老闆還敲碗聽聲音，確認有沒有裂縫。」

「哇，好讚喔。」

「是不是很讚？」

「太讚了。」

「下次我還要買東西的時候，帶妳一起去。」

「嗯。」

我們聊天告一段落，邊逛邊看時，她指著左上方說：

「你看你看。」

一家茶室的屋簷下，掛了一塊木製招牌，上面寫著『Tea Room→』。箭頭指向店內深處。

「你不感到好奇嗎？」

「眞的很好奇。」

「我們去看看。」

我們走到店門口向裡面張望，發現在賣茶葉的店後方，是感覺很明亮的茶室。

「感覺很不錯，我們等一下要不要去看看？」

「好啊。」

爲了省錢，我們午餐吃了一個漢堡，然後去了那家店。

店內陳列著一公克就要一千圓，我們根本買不起的茶葉，我們緊張地走了過去，走進了茶室。

茶室內的裝潢用明亮的木紋和代表茶葉的綠色統一，感覺很清爽。

「很像是日本茶的咖啡店。」

她難掩內心的喜悅。

我們跟著服務生來到餐桌旁，一看到菜單——她就陷入了沉默。

她的眉間微微凹了下去，仔細看著菜單上的照片和文字，然後又翻回了第一頁。

沒錯。

雖然她平時向來主張「討厭做事拖拖拉拉，喜歡速戰速決」，但遇到「在幾樣很吸引人的東西中挑選一樣」的狀況時，就會舉棋不定，而且通常是在挑選食物時，出現這種情況。

「……高壽，你要點什麼？」

「紅豆湯圓吧。」

「啊！很不錯，的確很誘人……」

「雖然我原本想選抹茶捲。」

「沒錯！！沒錯！！抹茶捲看起來也很好吃。……從這兩個中挑選……，但是……」

她一臉嚴肅的表情看著菜單，好像在面對獎金一千萬圓的猜謎題。

即使我建議她：「不然妳點這個」，如果不是她自己做出的決定，就無法接受。尤其在食物的問題上，她絕對不會讓步。

「……會附上抹茶，抹茶和抹茶捲的組合……抹茶捲……」

「我點紅豆湯圓，我們可以分來吃。」

聽到我這麼說，她的雙眼都發亮了。

點完之後，我們開始閒聊。

「我太驚訝了，沒想到你在寫小說，太厲害了。」

她這麼說，我很擔心被旁邊的人聽到。我知道自己想太多了。

「啊……對不起。」

「不，沒關係，我們來聊這件事。」

聽到我的回答，她似乎認爲這樣比較好，於是問我：

「是什麼內容？」

「女主角……班上的女生是仿生人的故事。」

「是喔。」

「男主角偶然知道了這件事。」

「是喔，是什麼類型的故事？」

「應該算是戀愛故事。」

「是喔。」

這時，吧檯內像是老闆娘的阿姨叫了一聲：「優子。」

正在店堂內的一個看起來像高中生的服務生走回吧檯。她應該是老闆娘的女兒，正在幫忙店裡的生意。

「她叫優子。」

愛美似乎覺得很有趣，小聲對我說。

「太巧了。」

「什麼太巧了？」

「就是名——」

說到這裡，她驚訝地住了嘴。

我也大吃一驚。

優子。太巧了。的確是天大的巧合。

因爲——我小說的女主角就叫『優子』。

但是，愛美不可能知道，因爲她還沒有開始看我寫的小說。

「啊，呃……」

她垂下雙眼，嘴唇露出微笑，但肩膀一動也不動。她看起來似乎很緊張。

我也緊張起來。這時——

「剛才的漢堡店，不是也有一個優子嗎？」

「……有嗎？」

「有啊，就是坐在對面——也就是你背後的兩個女生。」

「…………」

「其中一個叫優子，你沒有聽到她們聊天的聲音嗎？」

「……好像、沒聽到？」

「反正就是這樣。」

她用力點了點頭。

但是，我並沒有完全接受她的解釋。

「我想起來……之前也曾經發生過類似的情況。」

「……什麼情況？」

「就是長頸鹿的速寫。」

「喔……，我眞的有那樣說嗎？」

「妳說了啊。」

「嗯。」

她微微皺著眉頭，喝了一口水。她的表情太可愛了。

我半開玩笑地問：

「妳該不會有預知能力？」

正在喝水的她瞪大了眼睛，似乎聽到了意想不到的話，然後放下杯子，調皮地偏著頭問：

「如果我有，你會怎麼辦？」

「呃……」

「如果我有預知能力，你會怎麼辦？」

「…………」

會怎麼辦呢？我忍不住想像起來。

「……會覺得妳很厲害。」

「啊哈哈，也對。」

她笑了起來，「如果我真有這種能力，就可以預知賭博之類的事，你不是就會變成有錢人了？」

「錢我可以自己賺。」

「喔，眞有男子氣概。那自己的未來呢？像是能不能成爲小說家？」

「…………」

「如果我說，我知道你的未來，你會怎麼樣？」

她注視著我，試探我的反應。

我的心跳加速，耳朵根部痲痺，額頭也滲出了汗水。

「……──不，不想，我不想知道。沒問題！」

我搖著頭回答，她噗哧一聲笑了起來。

「不過我沒有預知能力，很可惜，我只是普通人。」

這個話題就這樣結束了。

一個繫著黑色圍裙的姊姊開始在吧檯內刷抹茶。

「那一定是我們的。」

她轉頭看著我說：

「對啊，那個姊姊好棒，不知道她有沒有學過茶道，刷抹茶的樣子很有架勢。」

那個姊姊轉動茶筅的手勢很專業，她的五官也具有京都特有的毅然風情。京都這個地方，到處都可以感受到京都的特色。

不一會兒，餐點就送了上來。

「哇，看起來真好吃。」

「啊啊。」

我拿起碗，喝了一口紅豆湯圓湯。

熱騰騰的飽滿紅豆滑入口中。嗯，真好吃。

坐在對面的她正用叉子舀起抹茶捲放進嘴裡。

一放進嘴裡，她立刻瞪大了眼睛。抹茶捲似乎很好吃。

「嗯。」

她握著的拳頭和兩隻腳微微抖動著。感覺真的很好吃。

「我選對了！抹茶捲，我選對了！」

她興奮地扭著身體說道。雖然有點在意周圍人的眼光，但她太可愛了。

「有這麼好吃嗎？」

她一臉燦爛的表情看著我。自從上次吃披薩之後，好像就沒有看過她這種表情。

「奶霜、裡面的奶霜超讚的。」

說完，她喝了一口抹茶。

「……啊。」

她發出好像在冬天泡溫泉般的聲音。

「可以給我嚐一口嗎？」

我遞上紅豆湯圓問。

「嗯。」

我們交換後，我吃了一口抹茶捲。

喔喔，奶霜真的很好吃，有一種高級的香氣，也很紮實。

「好吃。」

「是不是？」

她吃著紅豆湯圓。——雖然她什麼都沒說，但我從她的表情中知道了她的想法。因爲我也有同感。

「抹茶捲是正確的選擇。」

「但紅豆湯圓也很好吃。」

我吃著第二口，看著老闆娘正在吧檯內洗碗盤。

我突然想到，昨天經過這裡時，我並沒有發現那塊招牌。即使看到了招牌，我一個人也不會走進來。因爲愛美發現了，而且她和我在一起，所以我才會走進這家茶室。

我不經意地想著這些事。

她坐在我的對面，一臉幸福地吃著抹茶捲。

我忍不住想，爲了能夠看到她這種表情，我想要帶她去很多地方，讓她吃很多好吃的東西。

走出拱頂商店街，發現暮色已經籠罩了天空。

我們一起聊天、閒逛，已經共度了五個小時的漫長時間。

「時間過得好快啊。」

「嗯。」

這是經常出現在我們之間的對話。

「妳可以去那裡的伏見桃山站搭車……」

「我去丹波橋搭車，而且快車不停啊。」

「是喔。」

「嗯。」

我們手上拿著一百圓商店的塑膠袋，裡面是書架，但並沒有買置物架。這是我和她溝通之後達成的協議。

「打工加油囉。」

「好。」

我六點之後要去便當店打工。昨天去面試，今天就開始上班了。我之所以挑選便當店，是因爲可以省下飯錢。

「可以看到你的公寓。」

她不經意地說道。

「我送妳去車站。」

「你不把東西先放回家嗎？」

「才這麼一點東西沒關係。」

暮色籠罩的路上沒什麼行人，我們看到有人走進澡堂，說著：「眞的有在營業」，或是經過別人家門口時說：「今天他們家晚餐要吃油炸食物。」

「嗯～嗯。」

她伸了一個懶腰。

她的脊椎線條優美地彎曲著，纖細的手臂伸向天空。她的皮膚白皙剔透，挺起的胸部形成了我平時沒有注意到的飽滿曲線。

我移開了視線。

我對她的感情就像中學生般純潔，連我自己都感到驚訝，所以我對自己產生這樣的感覺心生抵抗。

因爲這種想法的關係，和她交往至今，不要說接吻，甚至沒有和她牽過手。

我知道這樣不行。當年的初戀會自然消失，最大的原因也是在此。

「愛美，妳回家之後要做什麼？」

「讀書吧。」

我想要珍惜對方，不想玷污對方的心情，很容易讓對方誤會，或是心生不安。

害怕被對方討厭的膽怯讓我不敢前進，轉眼之間，就陷入了僵局。

我知道。

雖然知道，但所有的一切都是第一次，想到一切無法重來，就無法貿然採取行動。

——但是——

牽手應該沒問題吧。

如今，我終於產生了這樣的想法。

「下次我來你家煮飯給你吃。」

至今爲止的交往中，她對我展現了連遲鈍如我，也能夠感受到的好意，帶給我勇氣和自信。

前方沒有人影。

「我說啊，」我盡可能若無其事地開口，「我們……牽手好嗎？」

我還是結巴了一下。

她露出驚訝的表情看著我，隨即露出害羞的微笑「嗯」了一聲。

我鬆了一口氣，動作生硬地伸出手……用手掌握住了她的手指。

她的手小巧、纖細，很光滑，沒想到很冰冷。

和男人的手完全不一樣。

胸口撲通撲通，我知道自己心跳加速。

太棒了。我忍不住想。不是因爲我做到了和其他情侶相同的事，而是能夠藉由手的接觸，確認我們接受了彼此，這種眞切的感覺讓我感到幸福。

幸福得輕飄飄、暖洋洋的我發現身旁出現了不穩定的空氣，轉頭看向她。

淚水從她的眼眶滑落。

她自己也露出了驚訝的表情，露出了苦笑，閉上眼睛，低下了頭。

「不是啦。」

「我知道。」

因爲妳是愛哭鬼。

「我知道，妳是喜極而泣，對嗎？」

「對。」

……啊，慘了。

看著妳哭泣的樣子，我的心又變得更神聖、純潔了。

我們就這樣走到了丹波橋站的剪票口。

「那你打工加油囉。」

「好。」

「下次我煮飯給你吃。」

「我很期待。」

她頻頻回頭，走向通往月台的階梯。

我放下舉起的手，帶著餘韻走回了公寓。

回到公寓，看到了她整理的成果。

疊得整齊的書本，和折好後堆在房間角落的紙箱，呈現出和我不同的整理方式。我感受到曲終人散的獨特寂寞。

我對和她相處一天感到滿足的同時，帶著純潔的心，不知道接下來該怎麼辦。

# 6

畫完速寫，我像往常一樣前往約會的地點——三條車站那三根扭來扭去的柱子。

她像往常一樣，比我更早到，站在那裡等我。

「妳來得眞早。」

「還好啦。」

我們輕鬆交談著。剛交往的時候，她一定會說「只是剛好早到而已」。

「是你來得太晚了。」

「我提早五分鐘到了啊。」

「還好啦。」

「妳只是想說『還好啦』這句話吧。」

她噗哧一聲笑了起來，頭髮也跟著搖晃起來。我發現她的頭髮比平時更有光澤，整體感覺很有型。身爲她的男朋友，當然要稱讚一下。

「妳的頭髮眞漂亮。」

「喔，我去了髮廊。」

「剪頭髮了嗎？」

她的頭髮長度並沒有太大的變化。

「嗯，剪了啊，但可能你看不太出來。」

即使我重新打量，仍然看不出變化。可能女生覺得不一樣吧。但我還不至於愚蠢到會說：

「那去髮廊根本沒意義」這種話。

「因爲我想改變一下心情。」

「發生什麼事了嗎？」

「啊？喔喔……」

「嗯，只是想去修一下，你不去剪頭髮嗎？不覺得頭髮太長嗎？」

我抓了抓瀏海。雖然從客觀上來說，還不至於太長，但的確一個多月前就該剪了。

「原來妳看得出來。」

「嗯，大致瞭解啦。」

不愧是美髮專業的學生。

「我想試試，到底能夠留到多長，我想留一次長髮——」

「不行啦！很噁！」

「很噁——」

「留長頭髮，如果不整理，只會覺得很髒。你不太擅長整理頭髮吧？是不是覺得很麻煩？」

「……嗯。」

「那還是剪短髮比較好，絕對不會錯。」

愛美最近說話很直截了當。

「但我想省錢……」

「那我幫你剪，我帶了剪刀。」

她拍了拍書包。

「我們走吧。」

「啊？」

她走向剪票口，我慌忙追了上去。

當我轉頭時，和她四目相接，我們情不自禁地牽著手。雖然現在已經能夠保持平靜，但第一次牽手的隔天和第三天，我很想一直牽著她的手，爲此既感到害羞，又感到高興。

「對了，我看了小說。」

撲通——我的心臟用力跳動。

沒錯。我把自己的作品列印出來之後交給了她，還對她說：「我想聽聽妳的感想。」

「我的感想是——」

「到家再說！去我家再說！」

我鬆開她的手，慌忙從皮夾裡拿出月票。

「即使你這麼著急，電車的時間也不會改變。」

她小聲笑了起來。

我們面對面坐在房間內的矮桌旁。

我一直在想這件事。

在把稿子交給她的兩天期間，我從早到晚都在想，「不知道她看了沒有」，很想打電話給她，但又想很多，最後反而不敢打電話給她了。

出現在我視野中的她很放鬆，讓我更害怕了。

「我的感想是……」

我的心跳加速。

她打開放在一旁的皮包，從裡面拿出一個淺藍色的信封。

「我寫在信上。」

「喔喔。」

她的舉動出乎我的意料，我含糊地應了一聲。

「給你。」

「謝謝。」

我接過信，從信封中拿出信紙看了起來。

高壽：

首先，謝謝你讓我看你寫的小說。

我很高興，你願意和我分享從來沒有

告訴過任何人的秘密。

我太驚訝了。

你寫了那麼多頁，光是這一點就太厲害了。

我可能沒辦法……。光是想像，就覺得頭昏了（笑）。

這些事不重要，重要的是感想。

你的小說超有趣。

優子超可愛，雖然她的真實身分有點讓人驚訝，但也很感傷，

她在故事中哭的場景，我也差一點哭出來。

至於笠原，雖然明知道無可奈何，
但很想對他說：「難道你不能再溫柔一點嗎！」(.•ˇ_ˇ•.)
尤其是故事的後半部分很引人入勝，
因為有事而不得不中斷時，
很想「趕快繼續看下去」。
想到你寫了這個故事，就忍不住肅然起敬，
也感到很高興，
更激勵我也要更加努力。
我寫得很沒有重點，就先到此結束！
希望你以後也繼續創作很多很多的作品。

愛美

*我發現一個問題。
我之前曾經聽說，
在敘述內容時，如果連續使用「似乎～」，
會模糊文章的重點，讓文章變得難以理解。
我發現你的小說中也有這種情況。
不過，我不知道你的看法如何。」
(´・・`)??

看完信的時候，我的手指放鬆，信紙發出輕微的聲音。

我可以感受到她經過深思熟慮，才完成這封信。

「…………」

內心流過像冰雪融化的河流般的安心，春天的喜悅不斷湧現。

看到「很想趕快繼續看下去」這一句時特別明顯。

當我抬起頭，坐在對面的她面帶微笑，微微偏著頭，表示「這就是我的感想」。

「超有趣的。」

狂喜再度在內心擴散。

「太好了……」

我重重地吐了一口氣，靠在矮桌上。

「我一直都很緊張，想著不知道妳有沒有看，不知道妳會有什麼感想，既想打電話，又不敢打電話給妳。」

我情緒激動地說道。

「妳說想繼續看下去，是哪一個部分？」

「嗯，就是早上在公園分手的那個部分。」

「這樣啊……原來是那個部分。」

「早知道我應該寫在信上。」

「不，不，我很高興能夠聽妳親口說，當然，也很高興妳把感想寫成這封信，我會好好珍藏，可以一次又一次回味。」

她頓時露出深邃的眼神，笑著說：

「太高興了。」

她的表情很有魅力，也很讓人憐愛。

「慘了，我想抱住妳。」

我脫口說了出來。

「抱我也沒關係啊。」

她用輕鬆的口吻回答。

眼前的狀況讓我產生了這樣的心情，所以我說了聲：「好。」跪著移到她的面前……抱住了她。

我感受著她身體的柔軟，她的皮膚滲透出溫暖。

她不發一語，一動也不動，但可以感受到她依偎著我。

這些感覺變成一種肉眼不可見的傾斜推動著我。加速的流動，改變了我們的空氣，漸漸一發不可收拾——

我害怕不已，忍不住抽離了身體。

「嗯，嗯，啊哈哈。」

我只能笑著掩飾。

# 7

她手上的剪刀俐落地裁開了新的垃圾袋，把垃圾袋變成一張平整的塑膠布。

她把毛巾圍在用相同的方式裁開的另一張塑膠布上，把剛才那張塑膠布圍在毛巾外，然後用貼在手臂上的三條膠帶黏好。

「會不會太緊？」

她用美髮師的固定台詞問我，我覺得很好笑。

「不會。」

「今天想剪什麼髮型？」

「請幫我修短。」

我們玩著遊戲，兩個人都呵呵笑了起來。

「那我來爲你剪短。」

她用梳子梳起我事先沾濕的頭髮，用剪刀修剪著髮梢。

「妳眞會剪。」

「是不是很厲害？」

有時候去便宜的理髮店遇到手藝差的理髮師，可以明顯感受到他們動作生疏，手上的梳子也經常掉在地上，但她為我剪髮的動作不會讓我感到絲毫的不安。

「妳渾身散發出高手的光環。」

「才沒有呢。」

「有啦，可以感受到妳很得意，散發出『我很厲害！我是高手！』的氣勢。」

「那只是你這麼覺得而已。」

因為沒有鏡子，所以她不時走到我的面前。我對著她扮鬼臉，她忍不住笑了出來。

「你好煩喔。」

她輕快地滑動著梳子修剪著，頭髮啪沙啪沙地掉落在脖子和肩膀上。

因為我不知道自己變成了什麼樣，所以閒得無聊。我這才發現對被剪頭髮的人來說，髮廊的那面鏡子有多麼重要。

當我閉上眼睛，可以感受到她的手指和手掌觸碰著我的腦袋，感覺特別舒服。

「我記得以前有一部電視劇，也是由女朋友為他剪頭髮。」

「嗯。」

「我記得是在海岸，總之，畫面很美。」

「可惜是用垃圾袋。」

「是啊，我們是在廉價的公寓，把垃圾袋圍在脖子上，這就是現實。」

「本來就是這樣啊。」

「不過，這樣也不差啊。」

「就是嘛。」

塑膠布上散落的頭髮越來越多。

「我可以摸摸看嗎？」

「嗯。」

「喔，變得好短。」

「太短了嗎？」

「不，差不多啦，我讀高中時更短。」

側面的頭髮剪得很短，摸起來很清爽。

「以前曾經有過一次。」

「有過什麼？」

「把垃圾袋穿在身上。那是小六的文化祭，要表演舞台劇，要演桃太郎的爺爺，結果戲服就是垃圾袋。」

「啊？爲什麼？」

「我也不知道爲什麼，但小學生的文化祭不是都這樣嗎？」

「舞台劇怎麼樣？你演得成功嗎？」

「嗯，還算成功吧。」

「是喔，眞想看你表演。」

「當時可能太高興了，我晚上也穿著垃圾袋睡覺。」

「喔，是不是很捨不得，不想抽離那個角色的感覺？」

「沒錯沒錯，愛美，妳也有類似的經驗嗎？」

「有啊。」

「……我剛才直接叫妳的名字，對嗎？」

「沒關係啊。」

「可以嗎？」

「可以啊。」

「……愛美。」

「高壽。」

「……雖然有點害羞，但好像沒問題。」

「就是嘛。」

「愛美。」

「高壽。」

「……妳又想哭了嗎？」

「沒有，沒有。結果呢？你不是穿著垃圾袋睡覺嗎？」

「半夜覺得很不舒服，醒了過來。我滿身大汗，因爲塑膠完全不吸汗，所以我就脫掉了。」

「布料很重要。」

「布料眞的很重要。」

剪完頭髮，成果無可挑剔。

愛美爲我做了晚餐。

她做了手工蕃茄醬汁的義大利麵和沙拉。

我充滿幸福地看著綁著馬尾，繫著圍裙的愛美，看得出了神。她在狹小的流理台爲開水燙過的蕃茄剝皮的身影，展現了她很在意「我是女朋友」這種形式的認眞態度；菜單的選擇，也表現出「不需要太費工夫，也不會太簡單，又有恰到好處的時尙」的協調感，我覺得很有她的風格。

「好吃。」

聽到我的感想，愛美露出了笑容。

「太好了。」

「妳做的蕃茄醬汁很棒。原來自己用蕃茄製作的蕃茄醬汁，和現成的蕃茄醬汁有這麼大的差異。」

「是不是很有手工製作的感覺?」

愛美吃著自己做的義大利麵，滿意地點著頭。

「這就是所謂的女朋友做的菜吧。我第一次吃到，超開心的。」

我連聲說著：「嗯，好吃，眞的很好吃」，一口接著一口吃了起來。她停下手，目不轉睛地看著我。

「愛美，妳也吃啊。」

「啊——嗯。」

「下次請妳再做飯給我吃，我也會做給妳吃。」

「嗯。」

她微笑著，微微吸了一口氣，眼睛濕潤起來。

「……妳怎麼了？」

「是花粉的關係。」

「到底哪裡有讓妳流淚的要素？」

「我說了是花粉嘛。」

愛美眞的是愛哭鬼。

我們並肩坐在被褥上看電視。

起初我們看著電視不時發出笑聲，或是吐槽節目的內容，但心情慢慢平靜，話也變少了。

漸漸地，覺得電視的聲音很吵。

「……可以關掉嗎？」

「嗯。」

我關掉了電視。

變黑的電視好像隨著呼吸安靜下來，房間內的空氣也更加平靜。

我們接受了眼前的狀況，任憑寂靜降臨，卻絲毫沒有感到不自在，也不覺得有義務要趕快說話。我感受著她在我身邊的溫暖，因此感到滿足，沉浸在舒服自在的沉默之中。

我們好像心電感應般共享著眼前的時光。

當我轉過頭時，發現她也轉頭看了過來。

我想和她接吻。我浮現這個念頭。

我們再度心電感應。

接著，我們眞的就像星星彼此吸引般很自然地偏著頭，嘴唇慢慢靠近……吻在一起。

簡單得有點洩氣的接吻舒服得令人驚訝，漣漪向全身擴散。不知道爲什麼，「她就是我的眞命天女」的感覺在腦袋深處比之前發出更強烈的光芒……我深受感動。

大家都這樣嗎？接吻這麼厲害，這麼感動人心嗎？

接完吻後，我們害羞地凝視對方。

然後，我們再度相互吸引。

我緊緊抱著她纖瘦的身體。

# 8

我覺得一切都會很順利。

我和愛美在被子中面對面地接近彼此，因爲一點小事呵呵而笑，感受著彼此的體溫。

一切都很充實，我發自內心地覺得別無所求。

正妹當前，而且很愛我，對我展露笑容，相互撫摸的肌膚有幸福的感覺，我也帶給她相同的感受，我們彼此相愛著。

四月底的夜晚如此舒服宜人，沒有任何不自由，所有的一切都如此充實。

不知道過了多久。

她窸窸窣窣地翻身趴在枕頭上，看著放在枕邊的手錶。

「啊……」

「……幾點了？」

「十一點。」

「是喔……」

她的門禁時間快到了。

我立刻切換了開關。現在還可以趕在門禁時間之前回家。雖然我還想繼續和愛美在一起，但如果沒有遵守門禁，就可能對日後有不良影響。

我坐了起來。

「……妳怎麼了？」

走吧。我轉過頭，正想這麼對愛美說——發現她把臉埋進了枕頭。

停頓了片刻，她搖了搖埋進枕頭的臉。

然後，又一動也不動了。

她在哭嗎？——正當我這麼想的時候，她猛然抬起了頭。

「那就回家吧。」

她用輕快的語氣說完後起身，看向折好、放在旁邊的衣服。

「我送妳回家。」

「沒關係，你繼續睡吧。」

「我送妳。」

我走過她的身後去拿衣服。

我在換衣服時，看著愛美。我突然很眞切地覺得，她只穿內衣褲的樣子很性感，雖然我說不太清楚這種感覺。

她露出責備的眼神看著我，我不難想像自己目前的表情。

這種感覺太美妙了。

我鎖好房門，準備走去車站。

從公寓來到馬路上時，我想要多觸碰她，所以牽起了她的手。不知道是否還留有餘韻，我們雙手之間的溫度比平時更熱、更親密。

「——那妳路上小心。」

我們面對面站在幾乎沒有人的驗票口前。

在難分難捨的氣氛中，我看著驗票口內的LED顯示器。

「電車快來了。」

「眞的欸。」

她注視LED顯示器的側臉晶瑩剔透，充滿了感傷。爲了趕走想要挽留她的衝動，我對她說了冷笑話。

「不在十二點前趕回家，魔法就會消失。」

「就是啊。」

愛美轉頭看著我，露出不捨的笑容。

「魔法會消失。」

然後像往常一樣頻頻回首，揮動著小手，走下通往月台的階梯。

目送她離去後，我轉身踏上了回家的路。

我從相反的方向，再度踏上剛才和她一起走過的路。雖然有點寂寞，但充實的餘韻宛如燈光般照亮了我，我興奮莫名，忍不住仰望夜空。

明天開始就是黃金週，我要來查一下，是否有什麼有趣的景點。我一路想著這些事，回到了公寓。

走過狹小的廚房，在起居室門口停了下來，打量著愛美仍然殘留在那裡、帶著餘溫的氣息。

我發現有什麼東西掉在一百圓商店買的薄質座墊旁。

「……？」

那是一本小型筆記本。

筆記本很舊，我沒見過那個封面，應該不是我的。

是愛美的嗎？但也可能是從搬家的行李中掉出以前的筆記本，只是我忘了。

我翻開封面，看了第一頁的內容。

……這些是什麼？

雖然內容是用日文書寫，我卻完全看不懂文章的意思。

我知道上面的「他」指的是我，但今天才四月二十八日，而且上面寫的內容都很陌生，我覺得自己好像在看天書。

除此以外，我還知道一件事，那就是上面的字，都是愛美寫的。

5月23日

第一天。對他而言的最後一天。

在寶池一起拍照。

5月22日

和他一起去枚方，

見他的父母。

5月21日

在丹波橋的公寓，

共度一整天。★

5月20日

在西內的大廈公寓聚餐。

手機響了。

我忍不住抖了一下。

螢幕上顯示『公用電話』。在我所有的朋友中，只有一個人會用公用電話打給我，而且看時間，也應該是她打來的。

我有點緊張地按下了通話鍵。

……雙方都陷入了短暫的沉默。我正想開口說話，電話中傳來聲音。

『高壽。』

「怎、怎麼了？」

……………

『你已經看了筆記本吧？』

她的語氣讓我感到不太對勁，我思考著哪裡不對勁。

「我……看了。」

我終於發現了。沒錯，她好像——事先就知道我會看筆記本。

『你是不是看不懂那些內容？』

「老實說……」

『我就知道。』

她苦笑著。

「那是——」

『我現在可以去你家嗎？』

「啊……？」

『我現在還在丹波橋車站，你離開之後，我又回到了驗票口。』

我聽不懂。

我完全聽不懂她在說什麼。

我感到不知所措，終於擠出一個問題。

「……門禁呢？」

我發現自己的聲音很蠢，和眼前的狀況格格不入。

『我現在去你家。』

她的聲音中有一種忍著悲痛的感傷，我知道自己確實在和愛美說話。

『我會把之前隱瞞的事全都告訴你。』

我感到慌亂。

掛上電話後，我愣在那裡，但很快就驚覺一件事。

從車站很快就可以走到這裡。

我打量房間，整理凌亂的被子時思考著。

她剛才說，有事隱瞞了我，到底是什麼事？

我很自然地開始做心理準備，在腦海中模擬各種情況。

愛美可能有很奇怪的怪癖？習慣？或是獨特的想法？

我檢視了每一種可能性，在心裡一一打勾，「沒問題，我能夠接受。」

如果她有什麼事隱瞞我，應該只有這些。沒問題，沒問題。

我整理好房間，也調整了心態，在矮桌前坐了下來。接下來的時間變得很漫長，我有點焦急。

門鈴響了。

我立刻起身，走去門口開了門。

愛美面色凝重地站在門口。

我面帶微笑，請她進了屋。

我們像往常一樣，面對面坐在矮桌前。

「要不要喝點什麼？」

愛美瞥了一眼手錶，搖了搖頭。

「因爲我的時間不多了。」

「……門禁嗎？」

愛美注視著我，然後垂下眼睛笑了笑。

「那是騙你的。」

「爲什麼？」

雖然我隱約猜到可能是這樣，但聽她親口這麼說，還是很受打擊。

我問她，她停頓了一下。

「我跟你說，」

「…………」

「我接下來要說的事很脫離現實。」

「…………」

「我相信你一定會很驚訝，但你一定會相信。」

這番話似乎是她經過深思熟慮的台詞。

「……什麼事？」

我的心臟因爲不祥的預感拚命跳動。

我有一種錯覺，好像寧靜的聲音顆粒掉落在愛美開襟衫的肩膀上。

她開了口，似乎想要抖落那些顆粒。

「如果我告訴你，在這個世界的旁邊，有另一個世界……你會怎麼想？」

「………」

她是在說平行世界嗎？只要稍微懂一點物理的人，或是看過漫畫的人，對這種說法並不陌生，我——

「我覺得可能存在。」

「我就是來自那裡。」

「啊？」

「我是這個世界旁邊那個世界的人，我從那裡來到這個世界。」

我的內心掀起了寧靜的風暴。

該如何解釋她這句話？有三種可能性。

①愛美是一種電波。

②她是喜歡妄想的中二病。

③這是謊言，是某種驚喜。

根據目前為止的相處經驗，③的可能性最高。因為和她在一起時，我從來沒有發現有任何不對勁的地方。她很聰明，很機靈，身為她的男朋友，偶爾會覺得她未免太優秀了。

「既不是電波，也不是中二病，更不是驚喜。」

愛美說的話直刺我的心臟，讓我驚訝不已。

「你剛才是不是這麼想？」

我突然覺得她平靜的表情充滿神秘感，好像什麼都知道，好像已經看到了我不曾看過的事。

「…………」

該不會……是真的？

不，再怎麼離譜，也不可能有另一個世界。

「——時間差不多了。」

她看著手錶。

我也看了手機，顯示目前是晚上十一點五十八分。

「半夜十二點……會發生什麼事嗎？」

「嗯，會發生『調整』。」

「調整……？」

「因爲我身處的世界，和這個世界的時間流動完全不同，我被那個世界的時間流動束縛，一直停留在這個世界，就會發生各種矛盾。爲了避免這種情況，就需要進行『調整』。」

「……？」

我完全聽不懂她在說什麼，大腦拒絕接受異物。

「具體來說，在半夜十二點的瞬間，我就會從這裡消失。」

「──」

「喔，別擔心，我只是回到我滯留在這個世界時住的房子而已。……然後，我的日期就會改變，只是改變的方向和你的不一樣。」

我陷入了混亂，自己的思考和感情已經麻痺，但我仍然試圖冷靜分析。

她在我失去色彩的視野中輕輕嘆了一口氣說：

「我知道了，你現在可能還無法完全理解。」

她很受不了地瞇起眼睛。這種調皮的表情、聲音和平時的她完全一樣，我眞的不知道該如何是好。

「你把手放在我的肩上。」

「……啊？」

「我不是說，我會消失嗎？我證明給你看。」

「…………」

「趕快，只剩下不到二十秒了。」

我仍然遲疑著，她的笑容悲戚而空虛。

「你不太想碰、現在的我嗎？」

我把手放在她的肩上，感受著柔軟的開襟衫和肌膚的彈性。

「……謝謝。」

她小聲地說。

「明天，二十九日清晨六點，我在你大學的教室等你。」

我還來不及回答，她又接著說：

「我接下來要說的事很重要，所以你要聽清楚。」

她一口氣說完，停頓了一下，用低沉而又明確的聲音說：

「你把十年前寄放在你那裡的盒子帶來，就是和漫畫一起放在紙箱裡的那個盒子。」

我驚訝地想要發問時，我的手掌——垂了下來。

她消失了。

我可以看到眼前的整片牆壁。

因爲原本擋在那片牆壁前的人消失了。

「…………」

我注視著懸在空中的手，然後緩緩地橫向掃動著，但那裡沒有任何東西，只有我的手來回移動。

我認眞地懷疑自己在做夢。遇到這種不好的夢境，只要希望自己醒來，就眞的可以醒過來。

……但我沒有醒來。

我終於放棄，不知所措。不一會兒，確認了時間，發現距離凌晨十二點已經過了兩分鐘。

## 9

今天難得有朝霧。

黃金週第一天的早晨，空無一人的大學校園內籠罩在一片霧茫茫之中。

走在通往漫畫系系館的柏油路坡道上，我覺得眼前的一切好像遊戲。

來這裡之前，我一晚沒睡。

確認愛美從我眼前消失後，我雖然記得她說的每一句話，卻感到越來越不真實，覺得承受了這些衝擊的自己好像事不關己。我終於知道，人只有對現實的問題才會產生煩惱，卻無法在這種脫離現實的事上聚焦，所以也無法產生煩惱。

我將飽含水蒸氣的空氣吸入了肺部。

那個盒子放在掛在肩上的背包裡。

走進系館大樓的玻璃門，沒有照明的館內昏暗，瀰漫著帶著水泥冰涼濕氣的寂靜。

走上前方的樓梯，教室的黑色金屬門就在眼前。

我慢慢轉動門把——把門向內推開。

昏暗的教室內，只有微微的光。

陽光穿越朝霧，灑向教室側面的窗戶，爲教室內排列的課桌表面抹上一層朦朧的白色。眼前的景象讓我想起黎明時分的海邊。

愛美坐在我的座位上，注視著貼在牆上的速寫。

她緩緩地……轉過頭。

她露出了笑容，將頭髮輕輕向後一撥。她的頭髮長度讓我感到不太對勁。

她的頭髮變得好長。

我掩飾著手足無措，走向愛美。

她抬頭看著我，我站在她的面前，期待她揭曉謎底。希望她問我：「你是不是嚇到了？」然後噗哧一聲笑出來，告訴我說，那是變魔術，並告訴我魔術的機關。我渾身無力地說：「也太扯了吧？」於是，她告訴我費盡心思做這些事的甜蜜理由……

「你是不是嚇到了？」

愛美問我。她的語氣和昨晚見面時一樣平靜，我立刻知道，此刻是昨晚的延續。

我不知道該說什麼，只好說：

「……頭髮。」

「嗯，是不是很長？」

「……假髮嗎？」

「是眞的。」

這就奇怪了。

因爲愛美目前的頭髮一直到腰的下方，比昨天足足長了二十公分。一天之內，怎麼可能長這麼長……？

「不是一夜之內長出來的，而是我還沒有剪。」

「——啊？」

「爲了讓你相信我接下來說的話，我也動了腦筋。」

愛美指著貼在牆上的作品說：

「首先是那個。」

那裡貼著長頸鹿的速寫。

「你之前不是很在意，我好像事先知道你的作品會被貼出來，然後當時我不是顧左右而言他，沒有正面回答嗎？當時我假裝忘了自己曾經說過這樣的話。」

我將視線從愛美身上移開，注視著自己的速寫。

「對不起，其實我並沒有忘記，我現在安排了當時要說那句話。」

她說的話很奇怪。

「……不是更早之前安排好？」

「不是。」

她說話的語氣讓人發笑。

我想起那本記事本上奇怪的寫法。

五月二十三日寫在第一行，第二行和第三行的日期都倒著寫，然後在我們第一次遇見的四月十三日結束。

上面寫著『最後一天』。

「我並沒有預知能力，只不過……和你的時間流動方向不一樣。」

速寫的畫紙被陰影模糊地分開。朝陽升起，更多陽光灑進了窗戶。

「所以我知道。雖然我剛才第一次看到你的速寫會被貼在這裡，但你已經度過的四月十四日，對你來說已經是過去，對我而言是未來，是今天十五日之後的未來。——我的頭髮也是。」

愛美站了起來，面對著我，撩起了她的頭髮。

「我明天要去剪頭髮，明天要去髮廊，然後在三條車站的那三根扭來扭去的柱子前和你見面。……但是，對你來說，已經是昨天發生過的事，對嗎？」

愛美撩起的頭髮、她圓潤的臉頰宛如滿月般被光的領域照亮。

同時被照亮的我，腦海中漸漸浮現幾個畫面。

她爲什麼知道我的速寫會被貼出來？日期倒著寫的筆記本。她的頭髮比昨天長。平行世界的人。時間向不同的方向流逝。

「……不，不。」

我努力抵抗。

我拒絕深入思考，因爲我覺得那是很不愉快的事。

「……你把那個盒子帶來了，對嗎？」

愛美嚴肅地進行該做的事。

對，還有盒子這件事。

「妳怎麼知道盒子的事？我根本沒有告訴過妳。」

「你應該可以猜到了。」

她的眼神很平靜，似乎已經瞭解了一切。

「十年前把盒子交給你的人看起來幾歲？」

「……。……我不知道，因爲我當時還是小孩子，而且也不記得了。」

「爲了不讓你看清長相，還特地戴了墨鏡。」

「…………」

「那個人剛好三十歲。」

愛美露出淡淡的微笑。

「那是十年後的我。」

「……………」

「你身處的世界和我生活的世界時間的進行方向相反，我的明天是你的昨天，我的十年後，就是你的十年前。」

難怪。

「你十歲時見到了未來的我。」

外面傳來山鳥的啼叫聲。

我站在原地，看著愛美的臉，同時從記憶深處回想起那天一起吃章魚燒的阿姨，回想起隔著她的墨鏡隱約看到的臉。

……好像、是她。

我無法斷定，愛美把放在桌上的皮包拉到自己面前，從裡面——拿出一把小鑰匙。

「來吧，我們完成和未來的我之間的約定，把盒子打開吧。」

「…………」

她看著我的手，露出爲難的笑容。

我也隨著她的視線看向自己的手……我的手用力抓著書包，拿到了背後，好像在防衛。

左側突然有一道亮光。

朝陽已經從後山探出頭，照射出大量淡淡的光束，趕走了教室內所有角落的昏暗。

「高壽。」

「…………」

我並沒有任何想法，老實說，我太驚訝了，根本無法思考。

但是，我的手還是無法動彈。

「爲什麼呢？」

我臉上的笑容應該很僵硬。

「這是對我們的歷史必要的事。」

她在光中說道。

這句話太出乎意料，我鬆開了僵硬的手。

「……歷史？」

「打開之後，我會告訴你。」

…………

我打開書包，拿出了盒子。

陽光照亮了暗銅色的盒子，粗糙的樹脂表面似乎和當時拿到時沒有太大的不同。

「那我打開囉。」

愛美站在我的身旁。我看著盒子的鑰匙孔，她把鑰匙插了進去，轉動了一下。

喀答。盒子發出輕微乾澀的聲音。

我和愛美眼神交會，然後，我注視著盒子，感到呼吸困難。

當我把指腹放在盒蓋上時，耳朵深處也可以感受到心臟的跳動。

斜斜地抬起輕巧的盒蓋時，封閉了十年的空氣宛如嘆息般洩了出來。我直接打開了盒蓋。

放在盒子裡面的——

「……」

竟然是我的照片。

……那是現在的我。

不是十年前，而是現在二十歲的我。

愛美——現在的愛美站在我身旁。

兩個人臉上都展露著彷彿冬天陽光般的笑容。

拍攝地點是在寶池的那個涼亭，上面的日期是……『2010 05 23』。

是差不多一個月後。

「是不是顧到了每一個細節？」

照片中的我特地展示了我目前使用的手機，可以簡單證明十年前並沒有這種機種。

「雖然我當時說，iPhone更加一目了然。」

她說這句話的時間是……

「對我來說，這張照片是在二十四天前拍攝的，對你來說，是二十四天之後。」

……雖然已經不感到刺眼，但我仍然瞇起了眼睛。

我和愛美出現在照片上，我卻完全沒有拍這張照片的記憶。

如此遠離日常的現實…………

我只能相信。

# 10

「沒錯。」愛美說，「地震的時候，是我救了你。」

「在十五年前。」

「在十五年後。」

我們走在離系館不遠的後山上，因爲漸漸有人來到系館，人聲越來越嘈雜，我們很自然地離開了。

樹枝上掛了很多學生製作的五彩鳥籠，看起來好像雕刻作品；還有人搭了好像在無人島上生活的簡陋睡床。後方有蓄水槽，我曾經和林他們一起爬到蓄水槽上面。

「所以，對妳來說是未來……」

「嗯，我只知道自己會這麼做。」

雖然對我來說，是遙遠的以前所發生的事。

「這些事，是三十歲的你告訴我的。」

「三十歲……」

「沒錯，是三十歲的你，在我十歲的時候告訴我的。」

……我手足無措，腦袋都打結了。

愛美興致勃勃地看著鳥籠，向我娓娓道來。

「五歲的時候。……你曾經救我一命。」

我瞪大了眼睛，愛美對我露出微笑，似乎在對我說，真的是這樣。

我想起她之前曾經說：「我五歲的時候也差一點死掉。」

「所以……」

「沒錯，你就是我的救命恩人。」

我還來不及說話，我們已經來到蓄水槽前。外觀就像是巨大的生鏽鐵罐，旁邊有一道金屬樓梯。

「要不要上去看看？」

「上面可以看到什麼？」

「視野比這裡稍微好一點。」

「那我們上去吧。」

我們攀上了蓄水槽。

眼前的景象盡收眼底。

小山連綿起伏，宛如一片綠色海洋。農田、房舍和拉著網的操場出現在山和山的縫隙之間。如果是兩個星期前，應該可以看到櫻花，但如今被一片新綠淹沒。

「視野是不是稍微好一點？」

「好很多啊。」

「那就太好了。」

愛美俯視著腳下的小山，繼續說著剛才還沒說完的事。

「……五歲的時候，我第一次來到這裡。跟著我爸媽一起來的，對我們來說，就像是出國旅行，去稍微遠一點的地方。因爲我們一家三口的週期剛好相同，所以就想來這裡看看。如果沒有發生任何事，應該就不會再有下一次，就好像出國旅行時，不可能一直都去同一個國家。」

的確是這樣。

「在準備回去的那一天，剛好遇到很大的廟會，結果有一個攤位爆炸了。爆炸的威力很驚人，我剛好在那裡，而且很危險，但在爆炸即將發生時，有人拉了我的手，我也因此得救了。當時，就是你拉了我的手。」

我轉過頭，發現她仍然看著風景。

「雖然當時你拚命對著我說話，但我幾乎都不記得了，因爲我的腦筋一片空白。」

「……這也難怪，因爲發生那種狀況，難免會嚇到。」

「不，不是你想的這樣。」

愛美緩緩地轉過頭，凝視著我。

「我對你一見鍾情。」

隱約傳來叡山電鐵的電車經過下方鐵軌的聲音。

「……對我嗎？」

「對。」我嘴角露出靦腆的笑容。

「五歲的我看到你，立刻覺得『就是這個人』。雖然我也搞不清楚原因，只是很震驚，全身感受到這一點。」

這句話似曾相識。

「和你一樣。」

她注視我的黑色眼眸濕潤起來。

這時，一陣清澈的衝擊貫穿我的身體深處。

內心變得透明，一切頓時了然於心。

爲什麼當初見到她時，有一種直覺訴諸我的全身？爲什麼我情不自禁地被她吸引？爲什麼我們現在像這樣在一起？

雖然無法用言語解釋，但我完全瞭解了。

「妳救了我。」

「你也救了我。」

她繼續說道：

「因爲曾經有這樣的過去，所以我們現在才能像這樣相見。在逆向行進的時間邊緣相互救了對方一命，因爲有不知道是誰先誰後的因果……因爲這樣特別的緣分，所以當我們都二十歲的現在，才能像這樣在一起。」

…………

我們的過去、現在和未來深深地結合在一起。這樣的我們——

「是命運的安排。」

「是啊。」

她笑了起來，好像很高興從我口中聽到這句話。

我改變了坐著的姿勢，因爲整件事太巨大，我有種很不踏實的感覺。

眼前的愛美比之前更加無可取代，也比之前更加特別。

在情人眼中，都會覺得對方很特別，但在其他人眼中，完全沒有任何特別。

然而，我們眞的可以說很特別。

風從下方的樹林吹了上來，雖然是早晨，但冷風吹來的感覺不像是春天。

「會不會冷？」

我問她。

「有一點。」

「……要不要過來這裡？」

「……嗯。」

我們相互依偎。愛美把頭放在我的肩上，身體也倚靠著我，似乎願意把一切都交給我。我伸手摟住了她的腰，感受著她柔軟的身體，和願意委身於我的喜悅。

雖然有很多難以置信的事，但有這麼特別的人，我們因爲如此特別的命運結合在一起——不是很幸福嗎？

「……所以，只有現在。」

愛美略帶遲疑地說。

「什麼？」

「只有現在，我們是相同的年紀。」

冷風吹過，幾乎撕裂我的耳朵。

「……什麼意思？」

「我……我們世界的人，只能每隔五年來這個世界一次。每五年一次，只能停留四十天。」

不知道是否因為濕度的關係，她吐出的氣也變成了白色。

「下次見面，就是五年後，我們分別是十五歲和二十五歲，相差十歲。再下一次就是十歲和三十歲……。你過去已經看到了。」

我覺得身體好像變成了石灰般的白色固體。

我只能凝視愛美的眼睛，只能從她濕潤雙眼深處的痛苦和顫動中擷取眞相。

「所以，」愛美說，她美麗的聲音比之前更加迷人，宛如呼吸般的呢喃，「我們像這樣相處的時間很寶貴，我們都是二十歲，成為情侶的五月二十三日到四月十三日的期間……是無可取代的寶貴時光。」

我緊緊摟住愛美。

如果不這麼做，我整個人都會結冰。

「別擔心，」愛美小聲呢喃，「不必擔心。」

她的聲音柔軟而溫暖。

「對不起。」

「……不需要道歉啊。」

我故作鎮定地說，聽到她這麼安慰，我也要發揮志氣。

「是嗎？」

我看著淺色的天空。

我感覺到她動了，手掌撫摸著我的頭髮。

「這是我剪的吧。」

她撫摸著我側面剪得很整齊的髮梢。

「……對妳來說，是明天才會發生的事。」

「沒錯，我明天會去爲你剪頭髮。」

愛美的眼神平靜，我把臉輕輕湊了過去。她也立刻回應，我們的距離拉近——然後就接了吻。

這樣的接吻似乎在彌補什麼。於是我知道，原來世界上也有這樣的接吻。

第三章

# 明天，<br>我要和昨天<br>的妳約會

# 1

我正在速寫，突然下起了雨。

雨下得很大，包括我在內，所有來動物園的同學都紛紛躲進了大門附近的圖書室。

因爲是動物園內的圖書室，所以動物的書籍佔了一大半，有的同學很猛，甚至拿出圖鑑，參考上面的照片開始速寫。

我很想對他們說，這樣根本沒有意義，卻也能夠理解他們的心情。因爲動物靜不下來，畫速寫非常困難，雖然教授說：「要把瞬間的影像烙在腦海中」，並以畫家作爲例子，但這種影像記憶屬於特殊能力，以此進行指導實在有待商榷。

「阿南，」京阪組的島袋問我，「最近和福壽小姐還好嗎？」

「嗯……還好啦。」

我無法掩飾心亂如麻的感覺。

「你們相處不順利嗎？」

「不，那倒不是。」

「有問題可以找我商量。」

他把手放在我的肩上，用力點著頭。島袋雖然鬍子很濃，但爲人很不錯。

「眞的沒事啦。……等一下也約好要見面。」

「搞什麼嘛。」

「南山交了女朋友嗎？」

旁邊的同學追問道。

「就是上次和你走在一起的女生嗎？」

「……是啊。」

「是喔，那個妹超正啊！」

正感到無聊的其他同學也紛紛擠了過來。

「這麼正嗎？」

「借我們看一下照片。」

我在他們的包圍之下，秀出了約會時拍的一張照片。

「哇，眞的超正欸。」

「是啊。」

大家傳閱著我的手機，每個人都露出驚訝的表情。

「你們在哪裡認識的？」

「是這傢伙把到的。」

林告訴大家。

「「啊！」」

於是，我被迫說出了和她相識的過程。

照理說，在害羞的同時，也會感到得意，只不過現在的心情五味雜陳。

大家都不可能想到，照片中的她是另一個世界的人。

也不可能知道，我今天要和昨天的她約會。

我收起雨傘，搭了往下的電扶梯前往三條車站。

等一下要見面的並不是昨天在蓄水槽聊天的愛美，而是更久以前的她……今天一整天都在思考這件事，感受到意想不到的不安。

她告訴我，和相鄰的世界連結的界線就在寶池。

只有那個世界的人能夠來到這個世界，這附近（據說規定不能透露）有一個專門爲來這個世界旅行的人進行嚮導和管理的設施，愛美就住在那個設施安排的地方。爲了預防世界的矛盾，嚴格禁止他們使用手機和電子郵件。

我來到約定的地點。

愛美一如往常地站在扭來扭去的三根柱子前。

她發現了我，我有點不自在地舉起了手。

「嗨。」

「嗨。」

她調皮地用相同的方式回應我。

我情不自禁地露出了笑容。

「要不要去哪裡？」

「你想去哪裡嗎？」

「想去看看書。」

「嗯。」

「那就去那裡。」

我們立刻心領神會，一切感覺和昨天沒什麼兩樣。

看完書後，去了三條大橋前的星巴克。這是我們常見的約會行程之一。

我們一起坐在吧檯的老位置，雖然有時候也會坐在樓下的沙發區，但還是覺得這裡比較自在。

我看著剛才買的雜誌書封面。那是一本大腦科學理論的書，上面寫了很多我從來沒有聽過，但令人好奇的理論名稱。雖然有點貴，但我很期待看裡面的內容。

「好像很有趣。」

愛美說。

「對吧？」

「但感覺很難。」

「嗯，如果我看到什麼有趣的內容，就會告訴妳。」

「嗯。」

我們喝著咖啡，聊著這些事。

愛美也看著窗外的鴨川，雙手捧著馬克杯，喝著咖啡。她的手指纖細而優美。

……至此為止，沒有任何不對勁的感覺。

雖然我也可以不深入追問，但我還是無法不問。

「愛美，」

「嗯？」

「妳是從對我而言的未來，回到了今天，對嗎？」

愛美不經意地用有點嚴肅的聲音回答說：

「是啊。」

「所以說……妳已經經歷了最後，也就是離別時的我，然後和現在的我見面。」

「是啊。」

「那是……怎樣的心情？」

「很奇妙的心情。」她的語氣很乾脆，「除此以外，我不知道該怎麼形容。」

「喔……是喔。」

「嗯。」

愛美靜靜地放下馬克杯。

「那本筆記本上寫的是我告訴妳的事？」

「沒錯，是五年前……對你來說是五年後，二十五歲的你告訴我的事。」

我有一股衝動，很想問她二十五歲的我在做什麼，但還是克制住了。因為一旦問了，我的未來可能會發生改變，我害怕原本可以實現的夢想恐怕會無法實現。

已經歸還給她的筆記本上寫著日期，和寥寥數行當天發生的事。也有的日子什麼都沒寫就跳過去了，還有在最後畫了★的內容。我問她是什麼意思，她說忘記了。

「我們都照著上面寫的內容在走，對嗎？」

「嗯。」

「為什麼？我覺得即使不是完全一樣，應該也沒有問題。」

「不是。」

愛美難得明確否定。

「因為我覺得如果不這麼做，就很難讓你相信。為此不是需要經過各種步驟嗎？」

「……是喔。」

「我們必須保護我們一路走來，以及未來要繼續創造的重要歷史。」

「是喔……也對。」

我低下了頭，深刻體會著這些話。

「……很奇妙的感覺。」

「嗯。」

「妳此刻讓我體會我在五年後告訴妳的事，根本分不清哪個在先，哪個在後，不是嗎？」

「的確是這樣。」

「很奇妙。」

「眞的很奇妙。」

我們對彼此這麼說著，然後一起看向窗外。

今天，也有很多情侶等間隔地坐在傍晚的鴨川河畔，也有人在外側的河岸散步。

我們之間的氣氛也很自然。

雖然在見面之前很不安，但我覺得相處應該沒有問題。

「啊！』

一隻嬌小的博美狗碎步跟在一個爺爺身後，似乎可以從牠張開的嘴巴中聽到「哈、哈」的聲音，不禁令人莞爾。

「妳看，就是上次的博美——」

「哇，好可愛！」

——

格格不入的感覺讓我整個人僵住了。

愛美的反應顯然是第一次看到這條博美狗。

她看到我的反應，察覺到自己犯下的錯誤。

她不知所措地露出僵硬的表情，我可以感受到她的焦躁和慌亂。這是我第一次看到這樣的她。

「記——記憶、記憶會讓人誤以爲有意識！」

「什麼？」

「不是你告訴我的嗎？其實根本沒有類似靈魂的固定意識，那是腦部的各個部分在爭奪主導權的過程中浮現的影子，這種觀點——」

「…………」

我不知道這種觀點。

我猛然想到一件事，看著放在腳下的書包。——今天剛買了大腦科學的雜誌書。

當我抬起頭時，她也看著我的書包。

她的表情比剛才更加凝重了。

## 2

山上的天氣真的變化無常。

走出車站時，外面的小雨突然停了，之後又不時飄起霧雨，在短時間內不斷變化。

我們搭纜車上了山，然後沿著坡度不陡的山路和石階，來到了山上的神社。

我們按照筆記本上所寫的內容，來到了鞍馬。

「坐在那裡看到的風景應該很棒吧。」

愛美指著神社角落內的一張長椅。

遠方是連綿的山脈，那張長椅應該就是爲了讓人欣賞這片風景。

「嘿喲。」

愛美吆喝一聲坐了下來。

我沒有回答，站在原地看風景。

愛美雖然發現了我的樣子，卻並沒有放在心上，小聲地「嗯」了一聲，繼續欣賞風景。

「也還好嘛。」

她猛然站了起來。

「可能高度不理想，這張椅子的高度不理想。」

然後，她指著長椅說：「你很不OK喔。」

「高壽，你要不要坐看看？」

「……不，我不用了。」

「是喔。」

愛美並不在意。

「那我們去參拜？」

「好。」

黃金週已經進入尾聲，但神社內仍然有不少人。我們排在參拜的隊伍後方，沒有等太久，就參拜結束了。

「你許了什麼願？」

「嗯……那不重要啦。」

「我許了……你猜是什麼？」

「不知道。……差不多該走了？」

愛美愣了一下，若無其事地回答：

「好啊。」

走出神社，沿著蜿蜒的山路下山。

山下出現了一個一節一節向上伸展的黑色雕刻。

「那是什麼？好像是巨大的竹筍。」

愛美可能察覺到我的心情，所以今天特別多話。雖然我知道，卻無能爲力，也懶得改變目前的狀況。

「『生命　愛和光的力量』。」

愛美把雕刻牌子上的字唸了出來，轉頭看著我。

「這應該就是巨大的竹筍吧？」

我終於——忍無可忍了。

「……愛美。」

「怎麼了？」

雖然她的回答很平靜，但回答之前，略微遲疑了一下。

「我們非得按照筆記本上所寫的內容行動嗎？」

霧雨像薄膜般蒙在臉上，周圍瀰漫著綠樹和腐葉土的味道。

爲什麼呢？這裡就像那天早晨去大學時一樣飄著朝霧。

「不需要這麼做也沒關係吧？只要做最低限度必要的事就夠了，像是十五年後，彼此相互救對方一命……只要做這件事就夠了。」

雨滴打在愛美的臉上，她瞇起眼睛——

「你爲什麼會說這種話？」

她問話的語氣，就像是被拋棄的小孩。

我咬牙切齒地回答：

「因爲……這樣很痛苦。」

我再也無法克制自己的情緒。

「現在的妳，並不知道昨天和我在一起的那個妳。不光是昨天，至今爲止，我們一起共度的所有回憶，妳都一無所知。一旦瞭解到這一點，就會一直發現這件事……也可以察覺到妳努力不讓我發現的瞬間……妳所說的話、所做的事，全都……。……我受不了，我已經受不了這種和妳見面，卻又不是妳的這種感覺。」

我喘不過氣，好像溺水般喘著氣說道。

「和妳在一起很痛苦。」

穿著雨衣的家族觀光客瞥了我們一眼，走了過去。

愛美不發一語地站在那裡。

「……對不起。」

我說完這句話，逃避似地轉過身。

我的手被握住了。

回頭一看——看到愛美露出不顧一切的表情。

「等一下，」

她一如往常地張大眼睛，睫毛上沾著淚水。

我痛苦不已，終於忍不住衝破了最後一道防線。

「這也是事先安排好的嗎？」

愛美整個人僵住了。

我感受到自己問到了核心。

我甩開了她的手。

「……我終於知道筆記本上那些記號的意思了。」

愛美痛苦地皺著眉頭，垂下了眼睛。

「我……玩不下去了！」

我衝下山路。

愛美沒有再追上來。

# 3

筆記本上，有兩個地方在文末打上了★號。

分別是「5月21日」和「4月29日」，尤其四月那一天，剛好是我第一次看到筆記本的日子，所以留下了深刻的印象。

我已經察覺到這個記號的意思了。

四月二十九日發生了什麼事？發生了什麼以前不曾發生過的事？什麼時候會在私人筆記本上使用記號？不想寫得很明白，萬一被人發現時，別人也不會知道。通常都是在這種情況下，才會使用記號。

想到這裡——我恍然大悟。

那一天，是我和愛美的第一次。

但是，對來自未來的愛美而言，並不是第一次。

也就是說，那一天，愛美原本就知道一切，卻假裝什麼都不知道。

我並不認為這有什麼不對。

只不過……想到筆記本上還有代表第一次接吻的記號，記錄了第一次牽手的內容，想到所有這一切都是這樣……就覺得無法繼續承受。

我無法忍受和她見面，和她在一起這件事。

全都是演技——也許她對我根本沒有任何感覺，只是爲了連結過去和未來而做這些事……我忍不住陷入這種負面思考。

「……」

已經過了凌晨十二點的深夜，我走下公寓的樓梯，球鞋踩在樓梯上的聲音融化在日光燈的燈光中。

我打開一樓洗衣機的蓋子，衣服已經洗好了。

我把在洗衣機內扭成甜甜圈狀的衣服丟進上方的烘衣機。一方面是有太多衣服沒洗，更因爲有想要整理東西的衝動。

我投了一百圓，烘衣機開始轉動。

我怔怔地看著已經磨損的圓蓋。

按照目前的情況，未來應該會改變。

我不再和愛美見面，愛美經歷的過去，和我共度的時光應該會改變。

——————————————真的是這樣嗎？

如果包括這一切在內，全都符合預定的安排嗎？

不可能吧。

但是——

「…………」

果眞如此的話，代表愛美克服了這些痛苦和我相見。

完全有這種可能。……這並非不可能的事。

因爲我向來不會中途放棄重要的事，以我的作風，都會堅持到最後一刻。

……但是，要怎麼才能做到？

在目前的心情之下，如何才能做到？如何才能讓自己想要和愛美繼續在一起？

因爲，眼前的狀況未免太痛苦了。

我們無法談論昨天。

我們之間的時間落差越來越大。

愛美也會面對相同的情況——沒錯，愛美也和我一樣。

我打開手機，看著愛美的照片。

那是我們開始交往後，第一次約會時拍的照片。

愛美一臉開朗的笑容，站在我之前作業畫過的石橋前。

愛美總是面帶笑容，她內心隱藏著莫大的痛苦，卻不讓我察覺，總是笑盈盈的。

——不。

不。

不——

我感覺好像有什麼沉重的東西無聲無息地掉落，然後發現了自己犯下的錯誤。

**『我的淚點很低。』**

沒錯。

愛美不是整天都在哭嗎？

她不是經常為一些微不足道的事，在奇怪的時間點流淚嗎？

對了……她通常在什麼時候流淚？

第一次牽手的時候。

她第一次爲我做菜的時候。

我們第一次改變稱呼的時候。

但是，對我而言的第一次——對愛美來說，就是「最後一次」。

都將變成再也回不去的過去——

**『我知道，妳是喜極而泣，對嗎？』**

**『對。』**

——我根本什麼都不知道。

**『下次請妳再做飯給我吃，我也會做給妳吃。』**

**『嗯。』**

**『……妳怎麼了？』**

『是花粉的關係。』

『到底哪裡有讓妳流淚的要素？』

——因爲那都是最後一次。

『……。—愛美。』

『有。』

『……高壽。』

『有。啊，慘了。』

『是不是？』

『是啊。……啊？』

『啊，抱歉抱歉。突然有點感動……』

——我到底爲她帶來了多大的痛苦？

「…………」

愛美的照片漸漸模糊起來，鼻子深處酸酸的。

我們還可以再見面嗎？

我們會再見面。

我——找到了答案。

不光是我的答案，而是我們兩個人的答案。

我坐立難安，衝上了樓梯。

爲什麼我竟然連這麼簡單的事都不瞭解。

我被平行世界、過去和未來這些事影響，竟然迷失了最重要的事。

我打開房門，衝進屋內。

我想要立刻把答案告訴她。

打開手機一看，凌晨一點十八分。『調整』已經完成，愛美已經變成在鞍馬分手前一天的她。

但是——正因爲這樣。

我按下按鍵。鈴聲響起。兩次……三次………

我不經意地抬起頭，看到了枕頭。

我想起那一天，她把臉埋進枕頭哭泣。

她接起了電話。

『……喂？』

電話中傳來愛美平靜的聲音，聽起來不像在睡覺。

「愛美。」

『……嗯？』

「妳知道我會打電話給妳嗎？」

『………』

「對不起，這不重要。」

即使這樣也沒有關係。

「我明天……對妳而言的明天，對妳的態度會很惡劣。」

『………』

「那是因爲我無法忍受我們所處的狀況，但是——我已經克服了。現在的我，已經克服了。」

『……嗯。』

我無法清楚說明她的聲音有多麼深奧，因爲聲音中混雜了喜悅、安心和寂寞。

「很痛苦吧？」

『是啊。』

我們用輕鬆的態度談及彼此身處的立場。

「但是，即使這樣，我仍然……我仍然喜歡妳。」

這件事很簡單。

之所以會這麼痛苦，之所以能夠下定決心接受這一切，願意去克服這一切——

都是因爲我這麼、這麼愛妳。

『高壽。』

「嗯？」

『我也是。』

愛美的聲音比剛才更近、更熾熱。

『我也喜歡你。』

# 4

「我來這裡真的好嗎？」

搭頭班車來到我租屋處的愛美，一進房間就委婉地問道。

「你還沒睡覺吧？對不起，我馬上就離開。」

愛美一如往常的完美無缺，「一大早出門的輕鬆打扮」很協調。

我卻穿著居家服。

窗外，矇矇亮的天色趕走黑暗。

我只對坐在對面的愛美說了一句話：

「我很想見妳。」

愛美露出陶醉的眼神。

「……我也是。」

她凝視著我，小聲地說。

「聽你說了那些話，我迫不及待地想來見你。」

她撒嬌似地呢喃著。

「愛美。」

我叫著她的名字，緩緩縮短和她之間的距離。愛美知道我要抱她，閉上了眼睛接納我。

我緊緊抱住了她。

手掌感受著她單薄而柔軟的後背，嗅聞著她垂在脖頸上的頭髮氣味。

我梳理著她的頭髮，撫摸著她的頭。

我抱著她，聽著麻雀的啼叫，享受著甜蜜而靜謐的片刻。

「被摸頭的感覺很不錯。」

聽到她的呢喃，我抽離了身體。

然後又伸出手，撫摸她頭部側面。

我摸到了她微微翹起的耳朵，她露出有點害羞，又有點不知所措的笑容。

「怎麼了？」

「妳一直都在爲我們努力。」

她的眼神漸漸用力，然後眨了眨眼睛。

「我見到的妳……以後的妳有時候會流淚。」

我撫摸著她的頭繼續說著。

「妳在我們第一次牽手時哭了，因爲對妳來說，那是最後一次。在那天之後，我們的關係會越來越疏遠。……我對妳說，請妳和我交往時，妳也是因爲這個原因而眼眶濕潤，因爲我們的關係會變成交往之前的狀態。……妳對我的稱呼，也從高壽變成南山……我也不再叫妳愛美，而是很客套地叫妳福壽小姐……一切都會倒退……最後還必須表現得像陌生人………」

我用手掌捧著愛美的臉。她的臉頰很燙，好像有很多淚水，只要輕輕一碰，淚水就會從她的眼眶滑落。

「這……很痛苦吧？」

她凝視我的黑色眼眸濕潤，宛如海面般晃動起伏，她的雙眼宛如月光般柔亮。

「妳很努力。」

淚水滑落。

透明的顆粒順著臉頰滑落，她吸著鼻子開始啜泣。

「對不起。」

她的淚水濕了我的手指，我向她道歉。

「妳明天見到的我，會對妳說很過分的話。對不起，我沒有搞清楚狀況。對不起，我讓妳感到難過。」

愛美輕輕搖著頭。

她閉上眼睛，搖晃著肩膀，用手指擦著眼淚，露出尷尬的笑容說：

「……我不知道這些事。」

我知道她的意思是，我事先並沒有告訴她，我會對她說這些話。

外面馬路上傳來鄰居大嬸相互打招呼的聲音。

房間變得很亮，已經是早晨了。

「高壽。」

「嗯？」

「謝謝你。」

我出現在她被朝陽照得透明的眼眸中。

「我不會忘記。」

她說出了看似經意，卻又神聖的誓言。

我們接吻、擁抱。

「未來的日子會越來越痛苦。」

愛美在我的懷裡調皮地苦笑著。

……我知道妳的未來。

「但我必須努力。」

……我看到了很努力的妳。

現在回想起來——覺得又愛又憐。

「……我跟你說，」愛美在我懷裡呢喃，「我很喜歡你，和你在一起的時光……從小時候和你在一起的日子很美好、很重要……所以才能夠這麼努力。」

我摸著她的頭，聽她訴說著，她就像在說今天早晨做的夢。

「未來的你很帥，我十歲時第一次和你一起喝咖啡，就對你動了心。所以，我接下來的日子願意撐下去，即使再痛苦，也願意撐下去……」

愛美輕輕抽離了身體，注視著我的臉，然後眼角露出了笑意，好像在我臉上發現了什麼。

「是因爲我想要見到現在的你。」

我輕輕捧著愛美的雙手，用力握緊。

我想要告訴她。

——妳做到了。

我回想起妳在逝去的日子中的身影。第一次在三條約會的妳。在電車上讓我一見鍾情，忍不住在寶池叫住妳的那一天。

我想要再次見到、我現在想要見到那一天的妳……我的眼眶發熱。

我用掌心感受著妳的手背。

我覺得我們結合在一起，兩個人合而爲一，像圓形一樣連在一起，就像是想要把漸漸產生落差的時間連在一起。

我們凝視彼此。

一個哭紅雙眼的美女在我面前。

「愛美。」

我尊敬妳。

我發自內心地愛妳。

# 終章

# 1

上山來我的租屋處。

「好低喔。」

「是你自己長太高了。」

身高超過一百九十公分的上山彎著腰，走進了起居室。

「你好，很高興認識你。」

坐在起居室內的愛美滿臉笑容地向他打招呼。

「這是福壽愛美。」

「他是上山正一。」

「聽說你們是從小一起玩到大的好朋友？」

「對，從上幼兒園之前。」

「好厲害。」

我們圍坐在一起，喝著愛美泡的茶。

「上山，聽說你曾經向他提供了很多建議。」

「對啊，要怎麼說，這傢伙不是很沒用嗎？」

上山一如往常地開始虧我。

「他好像吉娃娃一樣發著抖問我：『我該怎麼辦？我該怎麼辦？』」

「是這樣嗎？」

愛美興致勃勃，我超尷尬。

「第一次約妳的時候，他也拿著手機抖不停。」

「啊？當時你也在嗎！？」

「他在我家打的電話啊，是我叫他打電話。最經典的是，他把要說的話都寫在便條紙上……」

「這、這件事有什麼好說的！沒什麼好說的！」

「我想要聽。」

愛美雖然看著上山，但注意力全在我身上，我額頭冒著汗水。

上山赤裸裸地說著我當時緊張的樣子，和當愛美同意時，我欣喜若狂的樣子，讓我無地自容。

「他在歡呼：『太好了！』的時候，口水都流下來了。」
「我才沒有流口水，而且表情也沒那麼蠢。」
「啊哈哈。」
愛美樂壞了。
聊著聊著，天色慢慢黑了，愛美在廚房準備晚餐。
「你馬子超正的。」
上山悄悄對我咬耳朵。
「還好啦。」
「看照片的時候覺得她太正了，擔心你會罩不住她。」
「原來你當時這麼想。」
「不過，感覺很不錯。」
「…………」
「你們兩個人很配。」
「……我就說嘛。」
上山向來有話直說，所以我很高興。

「多虧你幫忙啊，謝謝。」

上山有點嚴肅地打量了我，然後對我說：

「我剛才就覺得，你好像有點不一樣了。」

晚餐後，我們再度開心地聊天，時間過得很快，我們送上山去車站。

「路上小心。」

「好。」

上山回答後，看著愛美說：

「謝謝款待，妳做的晚餐很好吃。」

「我今天也很高興。」

愛美就像剛才在我家時一樣開心地笑著。

「希望下次——」

愛美說到一半，猛然住了嘴，含糊地掩飾過去了。

「下次再請我吃飯。」

上山並沒有在意，對愛美說道。

「就請妳好好照顧南山了。」

他把大手伸到愛美面前。

愛美看著他的手，然後將視線移向他的臉，露出一抹痛苦的表情，立刻開朗地回答：

「好。」

她握住了上山的手。

他們握手的情景令我心痛。

「上山這個人很不錯吧？」

「嗯。」

夜色中，我們一起走回公寓。雖然還不到晚上十點，但周圍一片寂靜。

「男生的好朋友很讓人羨慕。」

「啊？」

「感覺是充滿熱血的友情。」

「什麼意思啊。」

「反正就是很讓人羨慕。」

我聽不太懂。

「高壽。」

「嗯？」

愛美用不經意的語氣說：

「今天之後，我就看不到現在的你了。」

我瞭解她這句話的意思。

因爲她昨天也說了相同的話。「現在的你」。

「……應該、是這樣。」

「是喔。」

上山也說了同樣的話。

「現在的我和以前的我有這麼大的差別嗎？」

「因爲我還沒見過以前的你，所以不太清楚，但我相信是這樣。該怎麼說，現在的你很沉穩，有一種大人的感覺。」

「……可能是、做好了心理準備的關係。」

「心理準備？」

「雖然發生了很多事，但我決定要完全接受這一切。接下來的日子——在和妳分開之前，我會珍惜每一天。」

「原來是這樣。」

愛美揚起頭。

「我也做好了心理準備。」

她注視著夜空。

「今天和現在的你道別。明天開始，慢慢地……慢慢不再是這樣的關係這件事。」

她的側臉感覺很虛幻，好像會漸漸變得透明，我立刻開口攪亂夜晚的空氣，努力挽留她。

「那我和妳接下來都要努力。」

「對。」

「我們有志一同。」

「就是啊。」

「加油。」

我伸出握緊的拳頭，愛美露出納悶的眼神。

「我們來相互擊拳。」

「喔，很像是男人的友情。」

「很不錯吧。」

「很不錯。」

我們在路燈微微照亮的街道上擊拳，臉上都露出了害羞的笑容。

「愛美。」

「嗯？」

「我愛妳。」

「嗯。」

我們緩緩收回了拳頭。

「有星星。」

愛美興奮地指著天空說道，好像在掩飾內心的害羞。

「不知道是什麼星座。」

「我不懂星座。」

我注視著明亮的星星。

「……『我們並沒有擦身而過』，」

身旁的愛美背誦著。

「『而是變成了兩端相連的圓，合而爲一了。』」

她轉頭看著我。

「這是第一天……二十三日那一天，你對我說的話。」

我感到似曾相識。

因爲我覺得那是我的心靈深處，即將被挖掘起來的想法。

「那天晚上，當我想到往後的日子感到不安時，記得對我說這番話。」

被挖掘起來的話語，和浮現在夜色中的微笑一起深深地刻在我的心上。

「我向妳保證。」

## 2

於是，我充滿珍惜地度過和愛美剩下的每一天。

除了去學校上不能蹺的課以外，其他時間，都和愛美去各種地方。

我們去了金閣寺，也去了清水寺，還勒緊褲帶，去了昂貴的天麩羅店吃午餐，也去學生食堂吃飯。

雖然幾乎都是按照筆記本上所寫的內容前往各地，但我們反而能夠以此作爲參考，樂在其中。

「高壽，早安，我要來公布你今天的行程。……你要和我一起去銀閣寺。」

「遵命。」

我們帶著輕鬆的心情時而歡笑，時而稱讚美食，但突然充滿憐愛的心情，努力把有愛美在的美麗風景深深烙進腦海裡。

## 5月15日

雨天的日子，我們一起在公寓內不出門。

「這種感覺真的很奇怪。」

「嗯？」

愛美坐在矮桌前看著文稿回應著。

「我已經收到了妳的感想，妳現在卻在看文稿。」

愛美輕輕地苦笑著。

我無所事事，在被子上滾來滾去，看著愛美。從文稿的厚度來看，應該快看到公園那一幕了。

「我把感想寫在信上，對嗎？」

「沒錯。」

這時，我突然想起一件事。

不知道那封信目前是否存在？

我注視著收藏那封信的紙箱，然後站了起來。

「怎麼了？」

「不知道那封信在不在。」

愛美也露出奇妙的表情，把手放在文稿上。

我蹲在紙箱前，吞了一口口水，打開了紙箱。往紙箱內一看——

「還在！」

我果然沒有記錯，淺藍色的信封和我之前畫的漫畫放在一起。

愛美走到我身後，從背後探頭張望。

「就是那個嗎？」

「嗯。」

「是我寫的。」

「對。」

「……好奇妙喔。」

「是啊。」

我輕輕伸出手——拿出了信封。那只是普通信封的感覺。

「愛美，妳要不要拿看看？」

「好可怕，萬一發生什麼狀況怎麼辦？」

的確，即使會發生某些狀況也不足爲奇。

「怎麼辦？妳要不要先看寫了什麼？……妳不打算改變吧？」

愛美猶豫了一下說：

「那我先看完作品，寫完感想之後，再對答案。」

「爲什麼？」

「我不要完全照抄，只想把自己的眞實感受寫出來，這是和自己的戰鬥。」

愛美開玩笑說完之後，再度拿起矮桌上的文稿。

我注視著有點耀眼的她，把信封放回原來的位置。

旁邊有一個盒子，就是那個文庫本大小，裝了相片的盒子。

「…………」

我打開盒子。

相片躺在盒子裡。我和愛美並肩站在寶池前。

那是八天後，我們在最後一天的身影。

原本沒有意識到的雨聲突然傳入了耳朵，我產生了錯覺，好像會這樣沉入這片雨中，立刻把盒子放了回去。

我起身準備泡咖啡。

我在廚房拿起即溶咖啡的瓶子時——察覺到視線。

愛美也轉頭看著我，發出了「我也要……」的央求眼神。雖然和她之間有一段距離，但她落寞的表情感覺就像是拉著我的衣袖在撒嬌。

「好、好。」

愛美頓時心花怒放。

「黑咖啡嗎？」

「不，現在想喝甜甜的歐蕾咖啡。」

「收到。」

我在片手鍋內裝了水。因爲我沒有熱水壺，所以只能用這種方式燒開水。

我把泡好的歐蕾咖啡放在愛美面前。

「謝謝你。」

愛美吹著咖啡，喝了一口，心情大好地說：

「嗯，真不錯啊，我一直很嚮往這種感覺。」

「哪種感覺？」

「就是有人幫我泡咖啡，照顧我的感覺。——啊，還有用毛巾用力幫我擦頭髮的感覺也很棒，下次你幫我擦。」

「有機會的話。」

「什麼嘛！哼！」

她賭氣說道。太可愛了。

我把自己的馬克杯放在矮桌上，然後靜靜地從背後抱住了她纖瘦的後背。

愛美不發一語，一如往常地接納了我。溫暖和柔軟的舒服感覺，保養得宜的頭髮和肌膚的味道，可以真實地感受到她在這裡。

我把臉埋在她的肩膀，一動也不動地聽著雨聲。

愛美撫摸著我的頭。

「很乖，很乖。」

她突然想到什麼似地抽離了身體。

「你彈點什麼來聽聽。」

「好啊。」

我坐在電子琴前，因為沒有桌子或椅子，只能把電子琴放在堆起的雜誌上，我直接坐在地上。打開開關，豎起膝蓋踩在粗糙的踏板上，試著彈了幾個音。

這種天氣，當然要彈那首曲子。

「……什麼曲子？真好聽。」

「蕭邦的〈雨滴前奏曲〉。」

「是喔。」

愛美是平行世界的人，所以幾乎不知道這個世界的名人。

「妳聽，這連續的降A音代表雨聲。」

「原來是這樣，好棒喔，這首樂曲可以讓情景浮現在眼前，好像一幅畫。」

「對吧？」

正當我打算開始彈的時候，愛美低頭看著文稿說：

「高壽，這句話要趁現在告訴你。」

「什麼？」

「這個故事很有趣。」

「謝謝。」

我彈奏的拙劣蕭邦樂曲緩緩地、緩緩地迴響在我們共度的三坪大房間內。

# 5月22日

一見面，愛美就哭喪著臉。

「怎麼了？」

「沒事。」愛美搖著頭。

我們在丹波橋搭上往淀屋橋的特急列車，一起坐在椅子上。因爲是非假日，而且已經過了尖峰時間，所以車廂內沒什麼人。

我發現身旁的愛美看著我，她瞪大了眼睛，拚命注視著我。

我突然覺得這一幕很熟悉。她之前也曾經用這種眼神看我。那是什麼時候？

「枚方是怎樣的地方？」

愛美問我。枚方是我老家，我們正搭車去那裡。

「有一個名叫枚方樂園的遊樂園很有名，簡稱爲枚方園，最近網路新聞也會不時提到。」

「是喔。」

「而且是蔦屋的發祥地。」

「你是說租片行嗎？」

「沒錯，車站前有蔦屋的一號店。」

「枚方眞了不起啊。」

「只是普通的衛星城市而已。」

我們的談話告一段落，我看向窗外。開始獨立生活之前，每天都會看到這座通往八幡市的鐵橋，如今讓我產生了懷念的感覺。

然後，我突然想到了愛美剛才的眼神爲什麼會讓我有一種熟悉感。

我叫住愛美的那一天，在滿是葉櫻的寶池散步時，她露出了這種拚命看的眼神。

我轉過頭。愛美沒有移開視線，繼續直視著我。

這一定是因爲愛美昨天已經見過離別時的我，所以才會露出這麼珍惜的眼神。

剩下兩天。

明天就是離別的日子——

雖然著急，但感覺似乎還無法跟上步調。

時間靜靜地流逝，宛如今天的天空般平靜。

走下在車站搭乘的公車，我們走進通往父母經營的腳踏車行的那條小路。

我也很久沒有走在這條路上了。

「我曾經告訴妳，我讀小學時踢過足球吧？」

「嗯。」

「踢完足球回家時，每次都會走這條路。」

「是喔。」愛美好奇地東張西望。

「以前這裡有一家書店，我第一本《少年JUMP》就是在這裡買的。」

「喔。」

「也是在這裡開了第一個銀行帳戶。」

「嗯。」

我一邊走，一邊向她介紹。

「這是你出生的故鄉。」

「……是啊。」

聽她這麼一說，覺得的確是這樣。

即將走到十字路口時，右側的轉角有一個章魚燒的攤位。

——這個攤位還在營業。

「感覺很不錯欸。」

愛美也注意到了。

「不是那種大規模的攤位，而是感覺很融入這個地區，特別有味道。」

「這個攤位做了很多年。」

說到這裡——我猛然發現。

十年前，我踢完足球回家時，和愛美在這裡吃了章魚燒。

但對愛美來說，那是未來才會發生的事，所以今天是她第一次看到。

「哇，三十個才賣這個價格？！」

她看到貼在透明玻璃櫃上的便宜價格感到驚訝不已。

「章魚燒本來就應該是這樣。」

我對她說：

「價格很便宜，不是那種有模有樣的店，而是像柑仔店一樣，一個只要十圓，像這樣軟趴趴的，看起來就很好吃。」

「是喔。」

愛美不經意地聽著我說話。

我決定買章魚燒。

章魚燒的阿姨和記憶中沒有差別，只是多了一些白髮。

「對不起，我要三十個。」

「買那麼多沒關係嗎？」

愛美問。

「妳可以吃十個吧？」

「應該吧。」

「那就沒問題，小時候我一直很希望在這裡一口氣買三十個。」

「啊，我瞭解這種感覺。」

我請阿姨分裝成兩盒，我們站在路邊攤旁吃了起來。

苔綠色的紙包著白色保麗龍盒子，我用牙籤剔開黏在一起的章魚燒後放進嘴裡。好懷念。一切都沒有改變。

「真好吃。」

「是啊。」

「很有家鄉味的感覺。」

愛美笑得很燦爛，一邊吹，一邊吃著章魚燒。

「啊，好燙，好燙。」

她用滑稽的動作跺著腳。

她的樣子，和那一天的她重疊在一起……我終於明確地知道。

那真的是妳。

穿越小路，就是一條大馬路，腳踏車行孤伶伶地出現在對面的小路上。

「那裡。」

我指著腳踏車行說道。

「啊，寫著南山腳踏車。」

我已經通知父母，今天的這個時候會帶女朋友回家。

穿越大馬路，即將走到敞開的店門口時，母親發現了我們。

我遲疑了一下。這裡是店家，不是老家，說「我回來了」有點奇怪，但也不能用隨便的語氣和父母打招呼。

「伯母好。」

愛美發揮了她主動積極，突破了母親的心防。

「妳好。」

母親也露出社交式的笑容回答。

我們一起走進店內，室內瀰漫著滴在作業用舊地毯上的機油味道。

我們坐在使用多年的灰白色吧檯桌旁。

「這是一點心意。」

愛美遞上了伴手禮的點心。

「啊喲，眞是太謝謝了。」

我看著正在修理的那輛倒放的腳踏車問：

「……爸爸呢？」

「他去買香菸了。」

「是喔。」

母親泡了茶，把愛美帶來的點心裝在盤子裡。

我們面對面坐在桌前，陷入一陣尷尬的沉默。

正當我打算爲她們相互介紹時，父親回來了。他一如往常，把頭髮梳成三七分，穿著灰色工作服。

「伯父好。」

愛美微微站起來，欠身向父親打招呼。

「喔，妳好啊。」

父親露出客套的親切笑容回答。

父親和母親一起坐在對面。

我第一次結交的女朋友坐在我旁邊。

太害羞了。眞想趕快回家。如果是正常情況……或許我會有這種感覺。如果是正常情況，我根本不會帶她回家。

但是，我想到和愛美的離別迫在眉睫。

想到這是第一次，也是最後一次。

「這是福壽愛美、小姐。」

我不需要確認筆記本——

「她是我的女朋友。」

我想讓父母見見愛美。

「這是我爸媽。」

我想讓愛美見見我的父母。

「哇，眞是太漂亮了，太驚訝了。」

母親試圖讓氣氛活潑一點，愛美誠惶誠恐地說：「沒有啦……」

然後說到我們相識的過程，聽到我在車站主動叫住她，父親和母親都很意外。當我說：「我對她一見鍾情」時，愛美在一旁凝視著我。

「太好了。」

母親說道，然後問身旁的父親：「對不對？」

父親露出深有感慨的眼神，看著兒子的成長。我感到很不自在。

「老公，你有沒有什麼話要對高壽說？」

聽到母親這麼說，我和父親四目相接。

父親收起了剛才的客套表情，露出了平時在家時的嚴肅表情。

我臉上的表情應該也差不多。

「……錢夠用嗎？」

「……沒問題啦，我有在打工。」

「如果錢不夠用，記得跟家裡說。」

「……嗯。」

父親經常說，至少不會讓我在經濟上不自由。

「你最近是不是瘦了？」

母親插嘴問。

「有嗎？」

「有啊，福壽小姐，以後就請妳多照顧高壽。」

以後請妳多照顧。愛美聽到這句代表未來的話，露出了只有我才能察覺的短暫慌亂。

「好的。」

她露出了無懈可擊的微笑。

「你再也不可能遇到這麼好的女生了，要好好把握人家。」

母親開玩笑說道，我也克制了只有愛美才能夠察覺的慌亂，苦笑著說：

「我也這麼覺得。」

不一會兒，就差不多該回家了。

父親去上廁所時，母親告訴我：

「在你來之前，你爸爸一直心神不寧地問：『高壽什麼時候到家？什麼時候才到家？』然後還打掃了門口，還跑去買菸。」

「…………」

「下次再回家來看看，也帶福壽小姐一起來。」

各種情緒交織在內心，痛苦不已，我只能露出不置可否的表情。

我們坐在空無一人的公車站長椅上，靜靜地牽著手。

今天是一個走在路上，心情就很暢快的好天氣，我此刻的心情也很平靜。

「我似乎知道自己爲什麼會選擇住在丹波橋的原因了。」

聽到我的嘟噥，愛美轉頭看著我。

「我一個人生活後，爲什麼沒有搬到大學附近，而是選擇位在學校和家之間的地方。」

「爲什麼？」

「……也許是因爲我害怕離老家太遠。」

沒錯。

「也許我和家裡的關係比我以為的更加密切。」

愛美用力握著我的手，她用大拇指溫柔地摸著我的手背。

我轉過頭，和她眼神交會。

淚水奪眶而出。

原本心情很平靜，但感受到愛美的溫柔和溫暖，感受到她凝視我的那雙美麗和聰明的眼眸時，眞實的想法湧上了心頭。

「……為什麼無法和妳成為一家人？」

悲傷和絕望變成了淚水，從眼眶中滑落。和愛美成為一家人共度此生。為什麼我們無法擁有這樣的未來？

愛美看著哭泣的我，她的眼神顫抖，熱淚盈眶。

「……對不起。」

「為什麼要道歉……？」

「……嗯……但是……對不起……」

「我……不是這個意思……」

我們在午後平靜的公車站，手牽著手，一個勁地流淚。

公車比預定時間晚到了一分鐘。

今天將要結束。

最後的一天即將來臨。

# 5月23日

往淀屋橋的頭班車抵達了丹波橋。

我等在空蕩蕩的驗票口，不一會兒，就看到愛美走上了階梯。

我們在空無一人的車站內凝視彼此。

我想要和平時一樣，於是像之前多次來接她時一樣，露出微笑，向她揮了揮手。

愛美也像平時一樣，露出熟悉的笑容回應——不，她並沒有這麼做。

她臉上浮現的是見到久違的人時那種帶著顧慮和害羞的笑容。

「對喔，」

爲了掩飾內心的震撼，我故意用輕鬆的口吻說：

「對妳來說，這是『開始』。」

「嗯……」

愛美說話的語氣中帶著不知道該和我之間保持怎樣距離的遲疑，對我露出的表情和感覺中帶著幾分生澀，感覺有點孩子氣。

「果然很難掩飾。」

她滿臉歉意的說話樣子和可愛的樣子正是我熟悉的愛美，反而讓我有點難過。

「沒關係，昨天已經哭夠了，我已經做好了心理準備。」

我知道自己在逞強。

「你說今天就像是練習開車，只是適應一下。」

「適應明天的——昨天的我。」

「對。」

「好，所以先去我家。」

「好，那走吧。」

我轉過身，像往常一樣伸出手，想要牽她的手。停頓了一下，立刻恍然大悟。

愛美注視著我的手，顯得有點緊張。

「啊，對不起。」

我正想把手縮回來，她握住了我的手。

「這是練習。」

她小聲嘀咕著，臉頰明顯泛起了紅暈。

我覺得自己在不知不覺中，用年長者的立場對待她。那是因爲愛美還沒有習慣自己和我同年，用小孩子的態度和我接觸。

在共度了四十天的最後一天，我看到了和愛美之間的逆轉。

愛美仔細巡視了我的房間，在狹小的空間內轉了一圈後問：

「我可以泡咖啡嗎？」

「好。」

她確認了即溶咖啡、砂糖和馬克杯的位置，然後似乎在找熱水瓶。

「我沒有熱水瓶，所以要用這個片手鍋燒開水。」

「是啊。」

她顯得很好奇，在片手鍋裡裝了水。她露出專注的眼神學習每一件事。

「要加多少咖啡粉？」

「普通。」

「……差不多這樣？」

她給我看杯底。

「嗯，原來妳還會這麼確認。」

「當然啊。」

她做事俐落乾脆，有條不紊，當我說「普通」時，也精準地掌握了份量。

「很有愛美的味道。」

「我就是愛美。」

瓦斯爐傳出燒火時的穩定聲音。

愛美看著鍋內的水，小聲地說：

「我終於知道，我們眞的成爲戀人了。」

「我順便告訴妳一件事。」

「什麼事？」

「我泡咖啡的次數比妳多太多了，應該說，妳根本很少泡咖啡。」

她聽到這句話時的驚訝表情太讚了。

妳還不知道自己很會對男朋友撒嬌，也不知道洗完澡後，會像小孩子一樣央求我爲妳擦頭髮。

愛美在矮桌上攤開了嶄新的記事本。

「我希望你盡可能詳細告訴我到今天爲止發生的事。」

我看了看空白的記事本，又看了看她。愛美從皮包裡拿出我熟悉的筆記本，放在桌上。

「你看到的這本是幌子。」

「啊……？」

「也不能說是幌子，只是五年前從你口中得知的大致情況，但我接下來眞正要使用的，是根據你記憶還很鮮明的現在告訴我的詳細內容。」

我大驚失色，但沒有問她爲什麼。

「因爲我不想改變和你之間的歷史。」

因爲我知道她會這麼說。

「所以，把你記得的所有內容都告訴我，我們做了什麼事，說了什麼話，我犯下了什麼疏失，說錯了什麼話。還要給我看你的手機通話紀錄，我要把時間記錄下來。」

我被她的眞摯眼神震懾，花了三個多小時，把這四十天的記憶全都告訴了她。

我鼓起勇氣叫她。第一次約會。告白。我們去了很多地方。她在大學的教室說出了她的秘密。克服心理障礙之前的事。

我們的牽手、接吻和擁抱——

「……謝謝。」

愛美放下了細原子筆。

我渾身無力，也因爲此刻才知道的事實而被打敗了。

原來愛美不愼失言和慌亂，都是她明知故犯。雖然事到如今，這只是枝微末節的小事——

我得知了她到昨天爲止的三十九天內的奉獻。

因爲，我絲毫沒有感到任何不對勁。

到昨天爲止，完全不曾出現過像今天這樣決定性的生疏感。

仔細思考之後，就會發現這種情況並不正常。

因爲愛美在今天充分「練習」和「預習」，所以到昨天爲止，我才能夠在剩下的日子之中好好珍惜彼此相處的時光，不至於受到一些不必要因素的干擾。——我徹底被打敗了。

「……這樣看來，妳根本不快樂啊。」

我的聲音沙啞，快哭出來了。

「如果按照這麼詳細的劇本進行，妳一點都不快樂啊。」

和她接下來所要承受的相比，我實在太快樂了，能夠天眞無邪地感受至今爲止的喜怒哀樂。

這一切，全拜愛美的努力所賜……

「沒這回事。」

愛美露出平靜的笑容。

「能夠和你在一起就很高興，即使事先知道會發生什麼事，快樂的事還是很快樂。」

「但是，」

「嗯……你看，」

愛美抓著我的手臂，靠在我的手臂。

「可以隨心所欲地這麼做，完全沒有任何問題。」

「…………」

妳實在太了不起了。

妳越來越像我熟悉的愛美。

而且，剛才的舉動太機靈了。妳果然很厲害。

我情不自禁地緊緊擁抱我有點配不上的女朋友，充滿憐愛地把手掌放在她的後腦勺上，輕輕撫摸著。

愛美舒服地吐了一口氣，然後又輕輕吸了一口氣，小聲對我說：

「眞的沒有任何問題。」

我們一起去商店買菜。

回到家之後，提早做了午餐。

傍晚之前要出門，然後今天就不會再回來這裡。

這是愛美最後一次站在廚房下廚。我把她的身影深深烙在腦海中。

我細細品嚐著最後的料理。

好吃得幾乎讓人流淚。

我們一起走在三條。

我逐一帶她參觀了我們經常一起去的店、走過的路。

我們牽著手。我們聊了很多。

因爲我想在腦海中留下她的倩影，所以一直注視著她，愛美不時害羞地低下頭。

我們搭上了叡山電車。

「高壽，你坐在這裡嗎？」

「對。」

我們在談論四十天前，我在寶池叫住她那天的事。

「我呢？」

「嗯……那裡。」

「你記得眞清楚。」

「那是……當然的啊。」

空蕩蕩的車廂內傳來了『寶池站到了』的廣播聲。

窗外的陽光漸漸西斜。

「妳準備走下這段階梯時，我從後方叫住了妳。」

我指著月台的一小段階梯說道，愛美走到階梯前。

種在狹小的腳踏車停車場內的櫻花已經長滿了綠葉。

「要不要排練一下？」

「不要。」愛美搖了搖頭，「還是把這份樂趣留到之後。」

她的背影令我想起那天的她。

但是，她的頭髮比那天更長，櫻花樹也已經滿是樹葉。此刻不再是幸福的春日早晨，而是初夏的傍晚。

「但是，我一定會很難過。」

她仰望著淺色的天空小聲說道。

「就像你現在的心情一樣，我要努力不流淚。」

愛美轉過頭，一看到我的臉，立刻露出爲難的表情。

「你不能哭喔。」

「我沒有哭……」

然後，我們走去最後的地點。

空氣被染成了金色。

有時候，向晚時分，可能是因爲空氣的關係，周圍的一切都籠罩在一片金色之中。

「——嗯，就是這裡。」

我看著數位相機的液晶螢幕，找到了拍攝的位置。

像陽台般向水面突出的石造涼亭。愛美靠在圍牆上，水池和國際會館出現在她的身後。

「愛美，再過來一點。」

我看著另一隻手上拿著的照片，向她發出指示。那是我和愛美站在一起，等一下拍的照片。

即將拍的照片已經拿在手上的感覺很奇妙。

「那我要拍囉。」

「嗯。」

我設定了倒數計時，然後把相機放在圍牆上，最後一次看了我們的合影，確認姿勢後，把照片放進了口袋。我們依偎在一起，露出微笑。

「…………不知道拍好了沒有。」

因爲閃光燈沒亮，所以不知道拍照的時機。

「應該好了吧？」

成功了。

我們一起走到相機旁確認。

或許是心理作用……兩張照片拍得一模一樣。

我從口袋拿出照片確認。

「……完全一樣欸。」

「……就是啊。」

「巧合嗎？」

「不知道。」

在爲周圍染上一片柔和色調的暮色中，我們沉浸在奇妙的感覺中。

「這種感覺好奇妙。」

「太妙了。」

一陣風吹來，好像發現我們的談話已經告一段落。

映照了黑色山影的水面泛著漣漪，宛如皺綢的皺褶。

我有一種錯覺，好像這陣風吹過了我的縫隙。

最後一件事也完成了。

接下來——只剩下離別了。

19點33分

「我對演戲產生興趣了。」

走在水池周圍的散步道上，愛美說。

天色幾乎已經暗了，也很少再遇到慢跑的人。鴨子拍著翅膀回到水池，呱呱呱地叫了三聲。

「原本覺得可能對這次的事有幫助，所以去查了一下，沒想到很吸引我。我目前在讀美髮的學校，打算同時讀表演的學校。」

「同時讀兩個學校嗎？」

「對，白天和晚上。」

「妳太厲害了。」

「嗯……我想應該有辦法解決。」

我突然想起小時候見到了十年後的愛美。

「……原來是這樣。」

「我會超努力。」

愛美並沒有察覺我剛才那句話的意思，但我覺得還是不要告訴她比較好。

「不過，妳的演技很好。」

我對她說了這句話。

「妳很進入狀況，在今天之前，我完全沒有察覺，現在也……幾乎忘記目前的狀況。」

「這是因為，」愛美沒有馬上說下去，停頓了一下，「因為你是我的……白馬王子。」

她的臉晶瑩剔透。

「我一直很喜歡你，一直夢想著可以和你成為這樣的關係……所以十五歲的時候，聽到這件事的瞬間，我差一點喜極而泣，所以……」

她露出帶著圓形光芒的微笑。

「和你成為男女朋友是一件很簡單的事。」

## 22點5分

罐裝咖啡的飲用口散發出的香氣淡淡地飄散在夜晚的涼亭內。

我們不再聊天，幾乎都凝視著對方。

四周已經漆黑一片，除了我們以外，並沒有其他人。

車輛行駛在遠處車道上的聲音像暴風雪般隱約傳來。

鯉魚從下方的水池中跳了起來。

「妳會冷嗎？」

「不會。」

愛美凝視著我回答道，她手上也握著一罐熱咖啡。入夜之後，溫度驟然降低了。

「……我要不要把這個咖啡罐留下來呢？」我說，「連同妳的也一起留下來。」

「不要，聽起來好像變態。」

她難得噗哧一聲笑了起來。

「不行嗎？」

「那要洗乾淨。」

「嗯。」

「……我跟你說，」

「嗯？」

「還是有點冷。」

愛美靠在我的肩上。

我們牽著手。

## 23點57分

圓形的路燈稀稀落落地懸在偌大水池周圍的空中。

路燈在黑色的水面投下一道光芒，看起來好像有無數根光的蠟燭排列在水池周圍。

路燈和樹木重疊的地方，樹木的輪廓滲出模糊的七彩光芒，好像在天文照片中看到的遙遠星雲，而且半空中懸了好幾個。

這裡就像是可以眺望許多世界的神秘場所。

我和愛美靠在石牆上眺望片刻，隔了很久，戰戰兢兢地確認時間。

我差一點嘔吐。

我緊緊抱著愛美。

我用雙臂感受著她，卻因爲看不到她而不安地鬆開了手。難道無法同時滿足嗎？我想了一下，然後握住了她的手。

「……眞幸福。」

愛美感動地瞇起眼睛。

「我一直深愛著你，我可以感受到你這麼愛我。現在絕對是我人生中最幸福的一刻，太有情調了。」

映照出我身影的眼眸閃了一下，透明的水滴滑落。

「……目前是顛峰。接下來，我要漸漸走向你的過去，漸漸和你不再是戀人了。……我們會擦身而過。」

「我們並沒有擦身而過，」我完成了和她的約定，「而是變成了兩端相連的圓，合而為一了。」

我握住了愛美的手。

「我們兩個人是同一個生命。」

愛美就像接受水池裡的水波般接受了我說的話——嗯。她點了點頭。

她的身影突然變得虛幻。

「高壽，」

「……嗯？」

「我是、出色的女朋友嗎？」

「是啊。」

「到今天為止，你覺得快樂嗎？」

「我超快樂。」

「是喔……」

她再度點了點頭，擦著眼淚。平時總是翹著的睫毛濕了，她直視著我。

愛美即將消失。

「但是，但是……沒有關係，你可以交新的女朋友……高壽……一定要幸福。……好不好？拜託了……」

我情不自禁緊緊抱住了她。我無法想像這種事，忍不住罵她：「傻瓜。」

「啊啊……啊啊……我好……幸福……」

我的耳邊響起幸福卻又悲傷的聲音。

「愛美……」

我的淚水濕了她的背，努力把我的心意奉獻給她。

「謝謝妳，謝謝妳。……謝謝。」

「嗯……嗯……我也……喜歡你！我最喜歡你了！」

我緊緊抱著她，彷彿要把掉落的東西全都捧在手裡。

「……我愛妳。」

我可以感受到愛美發自內心的顫抖。

「我也是……我也是……」

我輕輕鬆開她的身體，注視著她。

愛美就像是黎明的月亮般，準備慢慢消失。

所以，我在最後明確告訴她：

「我愛妳。」

愛美露出了帶著圓形光芒的幸福笑容。

消失了。

遠處的車道傳來像暴風雪般的聲音。

涼亭下方傳來水輕輕拍打的聲音。

我佇立在一如往常的深夜靜謐中。

獨自流淚。

# 尾聲

五歲的暑假，福壽愛美跟著爸爸和媽媽，一家人來到「隔壁的世界」旅行。

她在幼兒園也聽說過隔壁世界的事，所以很期待要去那個奇妙的世界。她告訴了幼兒園的朋友聰子，聰子只是平靜地「喔」了一聲，然後就開始聊其他的話題，但愛美還是很興奮、很期待。

來到隔壁的世界之後，她發現和自己居住的城市幾乎沒什麼不同。

雖然爸爸和媽媽說：「原來眞的相反」，很樂在其中，但愛美不瞭解是什麼意思，覺得可能只有大人覺得開心，早知道不如去遊樂園。

可能是因爲愛美覺得無聊，所以爸爸和媽媽說：「有一個很大的廟會，我們一起去。」

傍晚的神社內有很多攤位，也擠滿了和自己一樣穿著浴衣的人。燈光很漂亮，食物的味道也很香。

愛美玩得很開心。

她撈了金魚，吃了奶油馬鈴薯，還喝了汽水。

她興奮地逛著廟會，發現和爸爸、媽媽走失了。

她東張西望地尋找爸爸、媽媽，當她不安地快要哭出來時——下雨了。

不，不是下雨。

有一種奇怪的味道。被淋到的人都一臉緊張的表情。有人小聲地說：「是汽油。」

這時，有一個男人撥開人群，衝到她的面前。

「會爆炸！！」

他大叫著，站在攤位前揮著手臂，似乎示意大家趕快離開。

「快逃！趕快逃！！」

他抓住愛美的手，拉著她。

頓時——特殊的感覺貫穿了愛美的身體。

在碰到他的手的瞬間，彷彿從一開始就已經知道了。

那是宛如某件巨大事物的全貌剎那間貫穿了她的身體——的感覺。

爆炸。火焰。

男人緊緊抱著愛美，保護著她。愛美感受到熱風吹過他的背後。

慘叫、喧譁、「請大家趕快避難」的廣播聲，和竄逃的人群。

但是，這些完全無法進入愛美的意識中。

她只看到眼前這個男人。

「妳沒事吧？」

愛美茫然地點著頭。

他露出鬆了一口氣的表情。

但是，那是愛美從來沒有看過的表情，她可以清楚地感受到他很珍惜自己，那種感覺，就像海浪襲來。

——就是他。

愛美完全基於本能感覺到這件事。

他對自己來說，是很特別的人。

他確認著身後的情況。攤位的篷子燒了起來，不斷冒出黑煙，散發出熱氣和惡臭。如果自己還留在那裡，一定沒命了。

「太好了，沒有人受重傷。」

他低沉的聲音聽起來很舒服。

這時，愛美看到爸爸和媽媽在人群中，爸爸、媽媽也看到了她。

愛美感到安心的同時，也感到不安。

自己回到爸爸、媽媽身邊，他不會離開嗎？愛美想要繼續和他在一起。

但是，當他轉過頭時，愛美感受到他想要離開。

他把大手放在愛美的頭上，溫柔地撫摸著她的頭，好像在確認形狀。

「……再見。」

他爲什麼露出那樣的眼神？

他的眼神深沉而又落寞，雖然還有很多其他的感情，但五歲的愛美無法理解。

她無法理解，但她想要瞭解。

他突然搖了搖頭，似乎在說：「不是這樣。」

他撫摸愛美腦袋的手滑落，捧著愛美的圓臉。他吸了一口氣，肩膀微微起伏，然後他說：

「我們日後再見。」

他站了起來。

他經過愛美身旁，走向後方。

愛美猛然轉過頭。

「還會再見嗎？」

他也轉過頭，笑著點點頭。

「還會再見。」

然後，他再度邁開步伐……消失在人群中，不見蹤影。

二〇一〇年四月十三日

……愛美回想著五歲那一天的事，走上了公寓的階梯。

三樓的狹窄走廊上，有一排綠色的門。

第五道門。

這個房間目前沒有住人，門把上掛著水電瓦斯的申請書。

今天從早晨開始就是一個風和日麗的好天氣，街道上的櫻花樹上還有一半的櫻花。

四月十三日。

最後一天。

愛美把手放在充滿了和他之間回憶的門上，閉上了眼睛。

睫毛微微濕了。

她張開眼睛，露出笑容激勵自己。

然後邁開了步伐。

走在他經常送自己去車站的那條路上。

走過無數次的車站驗票口，通往月台的階梯。

八點零一分抵達的往出町柳方向的特急列車，最後一節車廂的第二道車門。

她最後確認完成後，把陪伴了她四十天的記事本收了起來。

她站在隊伍的最後方，不一會兒，電車駛入月台。

車門打開了。

幾名乘客下車後，隊伍走進車廂。車廂內很擁擠。

愛美走進車門的同時全神貫注。必須順著人潮前進，必須走向目的地。

愛美隨著人潮，好幾次被穿著制服和西裝的人擋到，但仍然不斷擠向車廂深處。

她從前方的縫隙中，看到一個握著吊環，眼神中充滿幹勁的男生。

然後——

——高壽。

終於來到了他的身邊。

〈完〉

春日
ハルヒブンコ
文庫
39

# 明天，我要和昨天的妳約會

ぼくは明日、昨日のきみとデートする

明天，我要和昨天的妳約會 / 七月隆文作 ; 王蘊潔
譯. -- 初版. -- 臺北市 : 春天出版國際, 2017.01
面； 公分. -- (春日文庫 ; 39)
譯自 : ぼくは明日、昨日のきみとデートする
ISBN 978-986-94127-8-0(平裝)

861.57　　　105024584


ISBN 978-986-94127-8-0
Printed in Taiwan

BOKU WA ASU KINOU NO KIMI TO DATE SURU
by
Takafumi Nanatsuki


作　　者　七月隆文
譯　　者　王蘊潔
總 編 輯　莊宜勳
主　　編　鍾靈

出 版 者　春天出版國際文化有限公司
地　　址　台北市大安區忠孝東路四段303號4樓之1
電　　話　02-7733-4070
傳　　眞　02-7733-4069
E－mail　story@bookspring.com.tw
網　　址　http://www.bookspring.com.tw
部 落 格　http://blog.pixnet.net/bookspring
郵政帳號　19705538
戶　　名　春天出版國際文化有限公司
法律顧問　蕭顯忠律師事務所
出版日期　二〇一七年二月初版
　　　　　二〇二一年二月初版六十九刷

定　　價　270元

總 經 銷　楨德圖書事業有限公司
地　　址　新北市新店區中興路二段196號8樓
電　　話　02-8919-3186
傳　　眞　02-8914-5524
香港總代理　一代匯集
地　　址　九龍旺角塘尾道64號 龍駒企業大廈10 B&D室
電　　話　852-2783-8102
傳　　眞　852-2396-0050